中國語言文字研究輯刊

四 編

許錟輝 主編

第 4 冊

《漢書》字頻研究（上）

海柳文 著

花木蘭文化出版社

國家圖書館出版品預行編目資料

《漢書》字頻研究（上）／海柳文 著 — 初版 — 新北市：花
木蘭文化出版社，2013〔民 102〕
序 2+ 目 2+160 面；21×29.7 公分
（中國語言文字研究輯刊　四編；第 4 冊）
ISBN：978-986-322-213-2（精裝）
1. 漢書　2. 研究考訂
802.08　　　　　　　　　　　　　　102002761

ISBN-978-986-322-213-2

9 789863 222132

中國語言文字研究輯刊
四　編　　第四冊　　　　　　ISBN：978-986-322-213-2

《漢書》字頻研究（上）

作　　　者	海柳文
主　　　編	許錟輝
總 編 輯	杜潔祥
出　　　版	花木蘭文化出版社
發 行 所	花木蘭文化出版社
發 行 人	高小娟
聯絡地址	235 新北市中和區中安街七二號十三樓
	電話：02-2923-1455 ／傳眞：02-2923-1452
網　　　址	http://www.huamulan.tw 信箱 sut81518@gmail.com
印　　　刷	普羅文化出版廣告事業
初　　　版	2013 年 3 月
定　　　價	四編 14 冊（精裝）新台幣 32,000 元

《漢書》字頻研究（上）

海柳文　著

作者簡介

海柳文，回族，廣西柳州人。廣西民族大學教授，漢語言文字學專業、語言學與應用語言學專業碩士研究生導師，自治區級精品課程古代漢語主持人，廣西語言學會副會長。致力於漢語史、語言信息處理研究。

主持國家社會科學基金項目 1 項，獲高等教育國家級教學成果二等獎，第六屆、第九屆、第十屆全國多媒體課件大賽一等獎。

提　要

班固撰寫的《漢書》，又稱《前漢書》，是中國第一部紀傳體斷代史，是繼《史記》之後我國古代又一部重要史書，在史學、目錄學、文學、語言學等方面具有極爲重要的價值。《漢書》記述了上起西漢的漢高祖元年（公元前 206 年），下至新朝的王莽地皇四年（公元 23 年），共230 年的史事。在編例上，包括紀十二卷，表八卷，志十卷，傳七十卷，共一百卷，含標點符號在內，共計 972432 字。

本書以中華書局組織專家學者精校的《漢書》標點鉛印本爲研究對象，對《漢書》的 5904個字種的各種數據進行統計。探討制定劃分字頻區段的標準，爲方便與前期所研究的十三經進行對照，仍採用與十三經相同的標準，劃分爲超高、高、中、低、超低等五個字頻區段。開列出所有字種的絕對字頻、相對字頻、累積字頻、累積覆蓋率、均頻倍值以及分布量。在統計中，注意以累積覆蓋率爲標準與十三經中相應字種進行對比，爲此設計了「差值」這項指標，更方便直觀。通過對比，可以清楚地瞭解這些字種在使用中，由先秦到東漢所發生的變化。本書還對《漢書》各頻段字種的筆劃作了統計分析；將《漢書》的相應字種與現代漢語三千高頻度漢字進行對比。

最後，還以十三經、《史記》以及《漢書》的字頻研究爲基礎，討論了古漢語常用詞詞目的確定。這項研究，比起前邊我們在十三經中的同類研究，僅依據十三經字頻統計，更進了一步。這類研究，在國內目前應該是較爲少見的。文末開列出《漢書》總集的字頻總表索引，本書還具有字頻工具書的功能。

自 序

　　《漢書》是我國重要的史書及上古漢語的重要語料，目前對於漢語史專書的字頻研究還很少。《〈漢書〉字頻研究》是拙作《十三經字頻研究》的姊妹篇。

　　萬分榮幸，在出版《十三經字頻研究》時，馮志偉先生非常認真地給拙作作序。先生的肯定是對後學的關愛與激勵，我更時刻銘記先生指明的努力方向。

　　接受了馮志偉先生的建議，《〈漢書〉字頻研究》在所有字種的統計中，增加了覆蓋率這項指標，正如先生所說的，這也是字頻統計中的一項重要內容。本書的出版，也是向馮先生呈交的作業。

目次

第一章　關於《漢書》

第一節　《漢書》作者簡介

班固（公元 32 年～公元 92 年），字孟堅，扶風安陵人（今陝西咸陽）。生於東漢光武帝建武八年，卒於東漢和帝永元四年，享年六十一歲。班固出身於世代顯赫的家庭，父親爲東漢史學家班彪（公元 3 年～公元 54 年）。班固自幼聰敏，「九歲能屬文，誦詩賦」，十六歲入洛陽太學，及長，博覽群書。熟悉漢代故事，在父親的影響下，逐漸轉研史學。

由於《史記》只寫到漢武帝的太初年間，因而當時不少人編寫續篇。班固的父親班彪，對這些續篇很不滿意，遂「采其舊事，旁貫異聞」，作《史記後傳》。班彪去世後，年僅 22 歲的班固在家居喪，以爲父書「與述前史未詳」，便著手整理父親的《後傳》，欲竟其業，於明帝永平元年（公元 58 年）開始撰寫《漢書》。

永平五年，有人上書明帝，告班固私改國史，拘捕下獄。弟弟班超上書，替班固申辯。明帝看了書稿後，十分讚賞班固的才學，無罪開釋，任命他爲皇家藏書之處蘭臺的令史。班固從此集中精力，「以著述爲業」，歷時二十五載，撰成了這部著名的《漢書》。

車騎將軍竇憲出征北匈奴，班固任中護軍。永元四年（公元 92 年），竇憲

因謀反，畏罪自殺，班固亦被免官。班固家奴曾侮辱洛陽令种兢，种兢便借機逮捕班固。班固最後死於獄中，所著《漢書》，八「表」及「天文志」均未完成。

漢和帝命其妹班昭續寫班固遺作，然未完而卒。最後由馬續續完七「表」及「天文志」。

班固不但是著名的史學家，也是東漢最著名的辭賦家之一，著有《兩都賦》、《幽通賦》等。

第二節　《漢書》簡介

班固撰寫的《漢書》，又稱《前漢書》，是中國第一部紀傳體斷代史。《漢書》是繼《史記》之後我國古代又一部重要史書，是我國歷代正史「二十四史」之一。它與《史記》、《後漢書》、《三國志》並稱為「前四史」。《漢書》全書主要記述了上起西漢的漢高祖元年（公元前 206 年），下至新朝的王莽地皇四年（公元 23 年），共 230 年的史事。在編例上，包括紀十二卷，表八卷，志十卷，傳七十卷，共一百卷，含標點符號在內，共計 972432 字。

《漢書》的目錄及編例如下：

《漢書‧紀》

卷　數	目　　　錄	主　要　內　容
卷一	高帝紀第一上、高帝紀第一下	共十二卷，記述漢高祖至漢平帝的編年大事紀。
卷二	惠帝紀第二	
卷三	高后紀第三	寫法與《史記》略同，但不稱「本紀」。由於《漢書》始記漢高祖立國元年，故將此前本在《史記‧本紀》的人物，如項羽等，改置入「傳」中；又由於東漢不承認王莽建立的政權——新朝，故將王莽置於「傳」的最末。
卷四	文帝紀第四	
卷五	景帝紀第五	
卷六	武帝紀第六	
卷七	昭帝紀第七	
卷八	宣帝紀第八	
卷九	元帝紀第九	
卷十	成帝紀第十	
卷十一	哀帝紀第十一	
卷十二	平帝紀第十二	

《漢書·表》

卷　數	目　　錄	主　要　內　容
卷十三	異姓諸侯王表第一	共八卷，多依《史記》舊表，而新增漢武帝以後的沿革。 　　前六卷包括：記載漢初異姓諸侯王、同姓諸侯王、漢高祖至漢成帝的《功臣年表》等，藉以達到尊漢的目的。 　　後二卷爲《漢書》所增：《百官公卿表》詳細介紹了秦漢時期的官制；《古今人物表》則是以儒家思想爲標準，開列了歷史上的著名人物，把他們分爲四類九等。
卷十四	諸侯王表第二	
卷十五	王子侯表第三上、王子侯表第三下	
卷十六	高惠高后文功臣表第四	
卷十七	景武昭宣元成功臣表第五	
卷十八	外戚恩澤侯表第六	
卷十九	百官公卿表第七上、百官公卿表第七下	
卷二十	古今人表第八	

《漢書·志》

卷　數	目　　錄	主　要　內　容
卷二十一	律曆志第一上、律曆志第一下	共十卷，記述典章制度的興廢沿革。《漢書》已爲「書」，故改《史記》中的「書」爲「志」。 　　十「志」，是在《史記》八「書」的基礎上加以發展而成的：將《史記》的「禮書」、「樂書」改爲「禮樂志」；將「律書」、「曆書」改爲「律曆志」；將「天官書」改爲「天文志」；將「封禪書」改爲「郊祀志」；將「河渠書」改爲「溝洫志」；將「平準書」改爲「食貨志」。 　　同時新增「刑法志」、「五行志」、「藝文志」、「地理志」。各志內容多貫通古今，而不專敍西漢這一朝的歷史。
卷二十二	禮樂志第二	
卷二十三	刑法志第三	
卷二十四	食貨志第四上、食貨志第四下	
卷二十五	郊祀志第五上、郊祀志第五下	
卷二十六	天文志第六	
卷二十七	五行志第七上、五行志第七中、五行志第七下	
卷二十八	地理志第八上、地理志第八下	
卷二十九	溝洫志第九	
卷三十	藝文志第十	

《漢書·傳》

卷　數	目　　錄	主　要　內　容
卷三十一	陳勝項籍傳第一	「列傳」共七十卷，仍按《史記》，以時代順序爲主，爲公卿將相立傳。先專傳，後類傳，再後爲邊疆各族傳和外國傳，最後以亂臣賊子《王莽傳》居末，體例分明。 　　至於傳的篇名，除《諸侯王傳》
卷三十二	張耳陳餘傳第二	
卷三十三	魏豹田儋韓王信傳第三	
卷三十四	韓彭英盧吳傳第四	
卷三十五	荆燕吳傳第五	

卷　數	目　　　錄	主　要　內　容
卷三十六	楚元王傳第六	外，一律均以姓或姓名爲標題。
卷三十七	季布欒布田叔傳第七	《漢書》列傳中有關文學之士的部分，多記載其人有關學術、政治的內容，如《賈誼傳》記有「治安策」；《公孫弘傳》記有「賢良策」等，此皆《史記》所無。
卷三十八	高五王傳第八	
卷三十九	蕭何曹參傳第九	
卷四十	張陳王周傳第十	
卷四十一	樊酈滕灌傅靳周第十一	而列傳中的類傳有《儒林傳》、《循吏傳》、《游俠傳》、《酷吏傳》等，此外又新增《外戚傳》、《元后傳》，這些也是《史記》所沒有的。
卷四十二	張周趙任申屠傳第十二	
卷四十三	酈陸朱劉叔孫傳第十三	
卷四十四	淮南衡山濟北王傳第十四	四夷方面，有《匈奴傳》、《西南夷兩粵朝鮮傳》、《西域傳》等三傳。
卷四十五	蒯伍江息夫傳第十五	
卷四十六	萬石衛直周張傳第十六	此外，仿「太史公自序」於「列傳」最後一卷作《敘傳》，述其寫作動機、本書的凡例等。「列傳」以記載西漢一朝爲主。「列傳」各卷後均附以仿《史記》卷末「太史公曰」的體例所作的「贊」，說明對人或事的批評或見解。
卷四十七	文三王傳第十七	
卷四十八	賈誼傳第十八	
卷四十九	爰盎鼂錯傳第十九	
卷五十	張馮汲鄭傳第二十	
卷五十一	賈鄒枚路傳第二十一	
卷五十二	竇田灌韓傳第二十二	
卷五十三	景十三王傳第二十三	
卷五十四	李廣蘇建傳第二十四	
卷五十五	衛青霍去病傳第二十五	
卷五十六	董仲舒傳第二十六	
卷五十七	司馬相如傳第二十七上、司馬相如傳第二十七下	
卷五十八	公孫弘卜式兒寬傳第二十八	
卷五十九	張湯傳第二十九	
卷六十	杜周傳第三十	
卷六十一	張騫李廣利傳第三十一	
卷六十二	司馬遷傳第三十二	
卷六十三	武五子傳第三十三	
卷六十四	嚴朱吾丘主父徐嚴終王賈傳第三十四上、嚴朱吾丘主父徐嚴終王賈傳第三十四下	
卷六十五	東方朔傳第三十五	

卷　數	目　　錄	主　要　內　容
卷六十六	公孫劉田王楊蔡陳鄭傳第三十六	
卷六十七	楊胡朱梅云傳第三十七	
卷六十八	霍光金日磾傳第三十八	
卷六十九	趙充國辛慶忌傳第三十九	
卷七十	傅常鄭甘陳段傳第四十	
卷七十一	雋疏于薛平彭傳第四十一	
卷七十二	王貢兩龔鮑傳第四十二	
卷七十三	韋賢傳第四十三	
卷七十四	魏相丙吉傳第四十四	
卷七十五	眭兩夏侯京翼李傳第四十五	
卷七十六	趙尹韓張兩王傳第四十六	
卷七十七	蓋諸葛劉鄭孫毋將何傳第四十七	
卷七十八	蕭望之傳第四十八	
卷七十九	馮奉世傳第四十九	
卷八十	宣元六王傳第五十	
卷八十一	匡張孔馬傳第五十一	
卷八十二	王商史丹傅喜傳第五十二	
卷八十三	薛宣朱博傳第五十三	
卷八十四	翟方進傳第五十四	
卷八十五	谷永杜鄴傳第五十五	
卷八十六	何武王嘉師丹傳第五十六	
卷八十七	揚雄傳第五十七上、揚雄傳第五十七下	
卷八十八	儒林傳第五十八	
卷八十九	循吏傳第五十九	
卷九十	酷吏傳第六十	
卷九十一	貨殖傳第六十一	
卷九十二	游俠傳第六十二	
卷九十三	佞倖傳第六十三	
卷九十四	匈奴傳第六十四上、匈奴傳第六十四下	
卷九十五	西南夷兩粵朝鮮傳第六十五	

卷　　數	目　　　錄	主　要　內　容
卷九十六	西域傳第六十六上、西域傳第六十六下	
卷九十七	外戚傳第六十七上、外戚傳第六十七下	
卷九十八	元后傳第六十八	
卷九十九	王莽傳第六十九下、王莽傳第六十九下	
卷一百	敘傳第七十上、敘傳第七十下	

　　《漢書》尤以史料豐富、聞見博洽著稱,「整齊一代之書,文贍事詳,要非後世史官所能及」。自《漢書》之後,開創了我國斷代紀傳表志體的史書編例,歷代官方都仿照它的體例來纂修紀傳體的斷代史。歷來「史之良,首推遷、固」,兩書各有所長,同爲中華史學名著。

　　注本主要有唐代顏師古《漢書注》、清代王先謙《漢書補注》。

第三節　《漢書》的重要價值

　　《漢書》在史學、目錄學、文學、語言學等多方面都具有非常重要的價值。

一、史學方面的價值

　　《漢書》開創了斷代史的記史方法,以後列朝的所謂「正史」都沿襲《漢書》的體裁。自秦漢以來,本朝人往往不敢直接評論本朝政治,忌諱甚多,而斷代史則合乎作者的心理,因爲前朝已滅亡,評述前朝政事,危疑較少,較易發揮。故《漢書》一出,歷朝官修「正史」均以斷代爲史。正如劉知幾所說「自爾訖今,無改斯道」了。

　　在編纂體例方面,《漢書》繼承並發展《史記》的編纂形式,使紀傳體成爲一種更加完備的編纂體例。此後正史均沿用紀傳體的體例。紀傳體是以人物傳記爲中心,雖然各自獨立成篇,但彼此間又互有聯繫,全書可以構成一個整體。既能扼要列舉歷史發展的大概,又可以詳細記述有關的史事。既便於查看個別人物活動的情況,又能兼顧典章制度的歷史沿革,優點極多,因而紀傳體便爲後世史家所採用。史學家章學誠曾在《文史通義》中說過:「遷史不可爲定法,

固因遷之體，而爲一成之義例，遂爲後世不祧之宗焉。」對於傳記的編排，《漢書》基本上按時間先後爲序，體例上也比《史記》整齊劃一。

《漢書》新創立的四種志，即「刑法志」、「五行志」、「藝文志」、「地理志」，擴大了歷史研究的領域，對於西漢的政治經濟制度和社會文化的記載，比《史記》更加完備，從而提高了《漢書》的史料價值。《漢書》《食貨志》爲經濟制度和社會生產狀況提供了豐富的史料；《溝洫志》有系統地敘述了秦漢水利建設；《地理志》是中國第一部以疆域政區爲主體的地理著作，開創了後代正史地理志及地理學史的研究；《禮樂志》、《郊祀志》、《刑法志》分別記載政治、軍事、法律和有關的典章制度；《五行志》、《天文志》和《律曆志》，都是研究古代自然科學的寶貴資料。《藝文志》論述古代學術思想的源流派別及是非得失，是一部極珍貴的古代文化史資料。

《漢書》還保存了珍貴的史料。西漢一朝有價值的文章，《漢書》幾乎搜羅殆盡。它既襲用《史記》的資料，又新增了不少史料，在收錄人物的同時，多引述其政治、經濟策論，如《賈誼傳》收入《治安策》、《晁錯傳》收入《言兵事書》等。同時，也爲史事拾遺補缺，如《蕭何傳》增補了「項羽負約，封沛公於巴蜀爲漢王」的史事。

此外，《漢書》記載大量邊疆各少數民族的歷史。《漢書》繼承《史記》爲少數民族專門立傳的優良傳統，運用新史料將《史記・大宛傳》擴充爲《西域傳》，敘述了西域幾十個地區和鄰國的歷史，增補了大量漢武帝以後的史實。這些記載，均是研究亞洲有關各國歷史的珍貴資料。

在敘事上，《漢書》的特點是注重史事的系統、完備，凡事力求有始有終，記述明白。這爲我們瞭解、研究西漢歷史，提供了很大的方便。至今，凡是研究西漢歷史，無不以《漢書》作爲基本史料。

二、目錄學方面的價值

在我國，最早創立圖書目錄的是西漢劉向、劉歆父子。只可惜保存了這些目錄的《別錄》和《七略》久佚。班固在《藝文志》中採用了劉歆《七略》的分法，保留了《七略》的大概面貌，將古代的學術著作區分爲六大類三十八小類，加以論述，使人們對各學術流派的演變與發展，有更清楚的瞭解。成爲人們研究上古至西漢末年旳學術發展演變的重要著作，是中國現存最早的一部圖

書目錄及學術文化史。

三、文學方面的價值

從文學角度講，《漢書》裏的一些人物傳記有較高成就，它在描寫手法上繼承了《史記》的傳統，但與《史記》又有所不同，沒有《史記》那樣奇譎和富於變化，但文章組織嚴密，注意細心描繪，語言受漢代辭賦和散文的影響，繁富縟麗而又能凝練。書中有不少人物傳記能摹聲繪影，而且描寫得工致。如《朱買臣傳》寫買臣貧賤及富貴時不同生活的不同精神面貌；《張禹傳》寫張禹的虛偽狡詐，奢侈淫佚，對主子阿諛逢迎，對農民則肆意壓榨；《外戚傳》寫李夫人臨死時歔欷歎息的可憐情態，寫趙飛燕姊妹專寵後宮的醜史；《蓋寬饒傳》刻畫了耿直的儒者形象，同時也描寫了當時一些公卿的醜態。這些都是出色的描寫。《蘇武傳》寫蘇武剛強不屈和堅定不移的民族氣節，形象鮮明生動，事蹟很激動人心，比《史記》的傳記，並不遜色。

《漢書》在文學語言的運用上也很有特色，取得了很高的成就。班固是漢代著名的辭賦大家和詩人，因此在撰寫《漢書》時，往往在其中熔鑄了詩賦的語言，不僅富瞻稚麗，而且嚴整凝練，講究韻味，對歷史事件及人物形象的敘述和描繪，細緻生動，清晰明暢，有聲有色。《漢書》在歷史人物的塑造上，可稱得上與《史記》有異曲同工之妙，成為我國古代史傳文學的又一光輝典範。宋代著名文學家黃庭堅論及《漢書》時說道：「久不讀《漢書》，便覺俗氣逼人。照鏡，則面目可憎；對人，亦語言無味也。」這雖為過譽之辭，但由此可見，《漢書》對後代文人影響之深遠。

但總的說來，在思想內容方面《漢書》不像《史記》那樣反映了更多的人民的觀點和表現了作者的反抗精神。

四、語言學方面的價值

《漢書》的內容，自高祖至武帝之世採用《史記》的記述，其後的記述參照了父親班彪或前人的著作。因此，這些內容也多與《史記》重複。但是因為班固是長於詩賦的文人，他的文章旨在古雅簡潔，所以少有《史記》那樣生動活潑的描寫。即使是在因襲《史記》的部分中，也能看出相當不同和改作。然而若要根據本書來研究當時的漢語，與利用《史記》不同，是有相當困難的。

儘管如此，在西漢和三國時代之間的漢語研究中，《漢書》仍然是最重要的資料。特別是卷九十七的《外戚傳》，描寫當時宮廷後宮的實態，看來是相當有意識地採用了當時的口語。

在語言風格上，《漢書》與《史記》則有較大的差異，《史記》顯示出樸素、明淨、深刻、生動的語言風格。而班固出身於辭賦家，力求雅飭，有時技庠，論贊全用賦體寫成，開六朝駢儷之風。《漢書》多用古字古義，文字艱深難懂，以至班固同時代的人，竟須爲《漢書》作音義的注解方可讀懂，後世也出現諸多注家。

第四節　《漢書》的版本

清代乾隆年間武英殿刊印的「殿本」和清代同治年間的「局本」都是較好的版本。尤其是商務印書館的百衲本，係影印北宋的景祐本而成，其中很少錯誤，是《漢書》的善本。現在新出版的中華書局《漢書》標點鉛印本，是經過了專家學者的精校，又爲之標點，讀起來更爲方便。

東漢至南北朝，爲《漢書》作注的大約就有近 20 家，而其中以注釋音義居多。東漢末年，服虔、應劭已開始注音釋義。唐代顏師古在《漢書敘例》中開列的屬於這一時期的注釋家多達二十二人。不過，關於《漢書》的注本，唐以前諸家所注都已失傳。

爲《漢書》進行重要考訂的，有如下數種：清王念孫《讀漢書雜志》，清沈欽韓《漢書疏證》，清周壽昌《漢書注校補》，清錢大昭《漢書辨疑》，清朱一新《漢書管見》，清沈家本《漢書瑣言》，近人楊樹達《漢書窺管》，近人陳直《漢書新證》。

尤其是清代王先謙彙集唐以後四十多家意見作成的《漢書補注》。這些注釋，對於《漢書》中的字音、字義和史實等均有詳細考證，其個人發明雖不多，但綜合抉擇能力極強，成就斐然，至今無可替代，是閱讀《漢書》最基本的參考書，也爲我們閱讀《漢書》提供了便利，成爲今天使用《漢書》的重要工具。

第五節　《漢書》所反映的封建正統思想

　　班氏父子曾明示要「唯聖人之道然後盡心焉」，自然就會將「聖人之道」作為自己著作的指導，以維護封建的神學。班固曾批評司馬遷「論是非頗謬於聖人」，這個所謂「聖人」就是孔子。班固一面因襲《史記》的內容，一面又篡改《史記》的觀點，使《漢書》更加符合於封建正統思想。因此，就思想內容來看，《漢書》不如《史記》。司馬遷不完全以孔子思想作為判斷是非的標準，正是值得肯定的。而在這方面班固的意識卻比不上司馬遷。

　　班固所處的東漢時代，占統治地位的思想正是封建神學思想，《漢書》神化西漢皇權，以「五德終始說」這類陰陽五行學說為理論根據，以王權神授的封建神學進行說教，「擁漢」就成了《漢書》的指導思想。為了宣揚「天人感應」、災異祥瑞的封建神學思想，《漢書》首創《五行志》，專門記述五行災異的神秘學說，還創立《眭兩夏侯京翼李傳》，專門記載五行家的事蹟。

　　從司馬遷到班固的這一變化，反映了東漢時期儒家思想作為封建正統思想，已經統治了史學領域。

第二章　國內字頻研究概況

自古以來，歷代的學者都在《漢書》的研究方面傾注了極大的熱情，這主要是史學、傳統語文學和文學方面的研究。新中國成立後，《漢書》的研究蔚爲大觀，除了前述研究領域之外，也深入到了語言學研究的領域。但是直至今日，尚未見到關於《漢書》字頻方面的研究。

下邊介紹字頻研究的概況。關於國內的字頻研究，筆者已經在《十三經字頻研究》一書中介紹過，這裡再作簡要概述。

我國的字頻研究，最初是從字頻統計起步。從上世紀二十年代民國時期的人工字頻統計，到目前的利用計算機程序統計進而進行研究，已經走過了近九十年的歷程。

第一節　綜合性語料的早期字頻統計

一、民國時期的字頻統計

最早進行漢字字頻統計的是語言學家黎錦熙，1922 年，他在《國文學會叢刊》發表了《國語中基本語詞的統計研究》一文。

1928 年陳鶴琴先生在商務印書館出版了《語體文應用字彙》，先後用了兩年時間，採用了六種語料，統計的字數達 554478 個，字種數計 4261 個。對於推動小學課本的編寫和普及教育起了積極的作用。

此後，在不同領域中，對漢字字頻進行的統計及研究的有：

敖弘德的《語體文應用字彙研究報告》（1929）；

王文新的《各省小學作文用字統計表》《小學國語教科書用字統計表》（1930前後）；

杜佐周、蔣成堃的《兒童與成人常用字彙之調查及比較》（1933）；

彭仁山的《三民主義用字統計與分析》（1934）；

李智著《民族中心制小學常用字彙研究》（1935）；

四川省立教育科學館出版的《常用字選》（1946）。

這一時期的字頻統計採用都是效率低下的手工操作，其目的主要是爲了識字教學。

二、建國以來的字頻統計

建國以後，爲了避免漢語教學大綱設計和教材編寫的盲目性，提高教學效率，政府和各省的教育部門都很重視對漢語常用字詞的統計，陸續公佈了一些字頻統計的成果，比如：

中央人民政府教育部《常用漢字登記表》（1950）；

中央人民政府教育部《常用字表》（1952）；

山東省教育廳的《普通話常用字表》（1958）；

中國文字改革委員會《普通話三千常用詞表》（1962）；

北京市教育局的《常用字表》（1965）。

這一階段的辭彙統計工作，基本上都是面向初級語文教學常用字的字頻手工統計。

隨著計算機應用的推廣，爲解決漢語信息處理的問題，新中國建立後進行的第一次大規模字頻統計，這就是著名的「748 工程」，北京新華印刷廠動員了19 個單位，歷時兩年，統計了 1973 年至 1975 年間的語料 21000 餘萬字，得到字種 6374 個，由此而獲得的成果有：

《信息處理用標準漢字表》（1975）；

《漢字頻度表》（1977）；

《按字音查漢字頻度表》（1980）。

這次調查，成爲研製《信息處理用漢字編碼字符集・基本集》的主要依據。

此後，經計算機處理而出版的成果有：

貝貴琴、張學濤《漢字頻度統計》（1988）

中國文字改革委員會、國家標準局《最常用的漢字是哪些——3000 高頻度漢字表》（1986）；

國家語言文字工作委員會《現代漢語通用字表》（1988）；

國家語言文字工作委員會、國家標準局《現代漢語字頻統計表》（1992）；

孫建一《現代漢語字頻測定及分析》（1992）；

臺北中央研究院資訊科學研究所中文詞知識庫小組《新聞語料字頻統計表》（1993）；

香港中文大學何秀煌《現代漢語常用字頻率統計》（1998）。

這一階段的漢字字頻統計，主要是爲了中文信息處理，採用了計算機技術，這是一個很大的進步。

第二節　專項語料的字頻統計

一、民國時期的專項字頻統計

已經涉及到兒童、商人、農民、店號等範圍的用字情況，其中杜佐周、蔣成塈的《兒童與成人常用字彙之調查及比較》，前邊已作介紹。此外還有：

劉德文《平教總會改編千字課檢字工作的經過》（1925）；

傅葆琛《民眾識字教育與民眾基本字》（1932）；

張耀翔《北京商店之招牌》（1932）；

傅葆琛《農民千字課》（1934）；

趙榮光《小學國語字彙研究報告》（1948）；

受歷史條件的限制，這一類的調查都是採用人工統計。

二、建國以來的專項字頻統計

北京語言學院《外國學生用四千詞表》（1964）；

雲南冶金第五礦革命委員會《〈毛澤東選集〉和〈毛主席五篇哲學著作〉用字統計報告》（1971）；

張朝炳《〈毛澤東選集〉用字的字數、次數按音節分佈情況》（1980 年）；

武議大學語言自動處理組《現代漢語語言資料索引》，統計了《駱駝祥子》、《倪煥之》、《雷雨》、《日出》、《北京人》、《子夜》、《三里灣》等現代漢語名著（1983～1987）；

張衛國《小學語文用字研究》（1983）；

陳良璜《對我國小學語文課本生字量的研究》（1990）；

中國社會科學院語言文字應用研究所、山西大學計算機科學系《姓氏人名用字分析統計》（1991）。

第三節　新世紀時期的漢字字頻研究

進入到 21 世紀，國內的字頻研究越來越受重視，研究的範圍擴大到古代漢語，更為重要的，還對甲骨文、金文等古文字進行了統計分析。在研究手段上全部依據了計算機程序。除了完成一般的字頻、字種的統計之外，還注意了極高頻字、不同類型文獻的字頻比較，進行了「漢字音頻統計」、「字部首頻率統計」即「多維字頻統計」的嘗試。把字頻研究的領域，由單一文字研究拓展到語言風格、修辭風格等文學創作的領域中。

2001 年郭小武《古代漢語極高頻字探索》（《語言研究》2001.3 期），統計分析了古代漢語的 100 個極高頻字，從詞性、語義、字音及字形各方面探討極高頻字詞的分佈特點，提出了字音、字形分佈所體現的「經濟原則」的觀點。

2004 年 6 月張再興撰寫《西周金文文字系統論》，由華東師範大學出版社出版，該書的第一章「字頻研究」，統計了全部用字的頻率，並在此基礎上探討了西周金文字頻的特點，字頻與識讀率、傳承率的關係等問題。

2005 年覃勤《先秦古籍字頻分析》（《語言研究》2005 年 04 期），選出 27 部先秦時代的文獻進行統計，結果顯示，使用 1 次的字占單字量的 24.87%，常用字高度集中，各部作品的字頻高度相關，內容對作品用字影響較大。《呂氏春秋》等作品比較能代表先秦古籍字頻的一般情況，《尚書》由於時代原因，《爾雅》、《楚辭》由於內容原因，顯示出用字的特殊性。

2006 年 3 月李波撰寫的《史記字頻研究》，由商務印書館出版，這是公開發行的一部對於古漢語專書字頻研究的專著，它全面描述並分析《史記》用字的量和位。這類專著目前還不多見。

2008 年劉志基《戰國出土文獻的字頻初步探究》（《中國文字研究》第十一輯，2008 年第二輯），以《郭店楚簡》為古書類文獻代表，《睡虎地秦簡》為文書類文獻代表，戰國金文為銘刻類文獻代表，在全面完成其字頻統計的基礎上進行了多方面的研究：不同類型文獻的字頻比較研究，戰國出土文獻字頻狀況的斷代特點研究，以及國別地域差異與字頻狀況關係的研究。

2008 年張軸材主編《古籍漢字字頻統計》，由商務印書館出版。內容包括《大規模古籍漢字用字統計報告》、《古籍字頻統計表》、《古籍字頻統計表索引》。是北京書同文數字化技術有限公司在長期從事的古籍數字化工作的基礎上編製而成，是國家語委十五科技攻關計劃資助的重點項目。該項目獲得了來自北京大學、北京師範大學等教育界和出版界專家的高度好評，一致認為這種項目的開發適應社會迫切需求，對中文信息處理技術開發、國際標準字符集的應用及辭書編纂等都具有很高的參考價值。

2011 年苗利娟《商代金文字頻分級的初步研究》（《殷都學刊》2011 年 02 期），這項成果來自教育部重大項目「河南歷年出土甲骨文、金文研究大系」。以 2009 年底已公開發表的商代金文材料為限，研究發現，商代金文可歸納出字頭 1343 個，可釋單字 569 字。其中，常用字即出現頻率在 10 次及其以上的單字計 203 字，次常用字即出現頻率在 2 次及其以上至 10 次的單字計 515 字，罕見字即出現頻率為 1 次的單字計 625 字。「父」的出現頻率最高，過千次。「亞」的出現頻率僅次於「父」。商代金文高頻字中無虛詞、動詞、數詞，全為名詞，主要是天干和親屬稱謂用字。

第三章　《漢書》字頻研究

　　《漢書》是繼《史記》之後我國古代又一部重要史書，內容十分豐富，系統、詳細地記述了我國西漢時期的政治、經濟、軍事和文化等方面的史實，是研究西漢歷史的基本史料。在語言研究方面，跟《史記》具有同等重要的價值。但是，目前對於它們的研究，大都集中在傳統語文學、語法、辭彙這些方面，而著眼於文字，特別是字頻的研究，我們尚未見到。

第一節　《漢書》字頻研究的意義

一、對於古漢語教學有十分重要的意義

　　在古漢語教學中，上古文選的學習是最主要的內容，而培養和提高閱讀能力更是教學的重點。眾所周知，閱讀能力提高主要在於古漢語常用辭彙的積累。上古漢語以單音詞為主，一個字基本就對應一個詞。這樣看來，能否準確地認定哪些是上古漢語的常用詞，並把它們作為教學的的重點，就顯得十分重要的了。歷來的古漢語教材及古漢語常用字字典，由於受條件的局限，所選定的「常用詞」、「常用字」缺乏科學的客觀的標準，更不是經過調查統計之後才確定的。因此，很有必要重新確定。上古漢語的語料，除了《十三經》、《史記》之外，《漢書》也是不可或缺的重要語料。調查分析《漢書》的字頻分佈特徵，可以為上

古漢語常用詞詞目的製定，提供可靠的依據。

二、對於研究史書的紀傳表志用字規律有積極意義

《漢書》奠定了我國斷代紀傳表志體的史書編例，後代史書一直遵循這個原則。而《紀》《傳》《表》《志》不但在編寫的體例中有差異，而且行文的用字也有差異，比如《表》的用字，差異就更大。通過定量的字頻統計，更能準確地認識這些差異明顯特點及細微之處。

三、與十三經對比可以發見由先秦到漢代漢語用字的發展變化

此前我們已經做過十三經字頻的統計研究，在這裡我們有意識地仍採用與十三經同樣的字頻區段劃分標準，進而與十三經重要字頻區段相同、相異的字種等方面進行對比，努力發現由此所呈現的發展變化規律。

四、對於語言風格的研究有積極意義

語言中的許多現象，往往是通過量的差異去反映質的變化的。要想準確地瞭解《漢書》的語言風格，同樣也離不開使用頻率的統計。班固是著名的文學家，他的語言風格，也可以通過用詞的（這裡主要指單音詞）偏好幫助認識他在用字遣詞方面的特點，努力總結由此反映的語言風格。班固與司馬遷在語言風格上有較大的差異，我們可以通過對比一些特定用字的出現頻率，分析他們各自的特點。如果條件成熟，還可以進一步進行音頻統計（語氣詞語音頻率）。

第二節　依據的語料及工具

一、語　料

以中華書局經過了專家學者精校的《漢書》標點本爲藍本，把原文悉數錄入計算機。少數 UNICODE 字符集所無之字，則採用一般通用字，比如：原書的「兪」旁，錄作「俞」，如「偷」「輸」「瑜」等。原書的「示」旁，錄作「礻」，如「神」「社」「福」等。

此外，尚有 29 個漢字確實是連通用字都沒有的，比如：貚、須、劖、礷……。這些字就算是以「字種」爲標準，也僅占 5904 個字種中的 0.004912，而且絕

大部分都是「一用字」。如果按絕對字頻來統計，這些字符的出現幾率更是微乎其微。暫時略掉這 29 個字符，對於整體的結論無大礙。因此，對於這 29 個漢字的統計，暫付闕如。

二、字頻統計軟件

採用我們在 Delphi 下自主開發的 HyConc 語料處理軟件。

第三節　字頻統計項目的說明

以下的內容我們在《十三經字頻研究》中曾經介紹過，但因為特別重要，有必要重申。「第四節　字頻區段的劃分標準」的處理亦同。

一、絕對字頻

某字符在典籍中出現的總次數。

二、相對字頻

某字符出現的總次數與所有字符的總次數的比例，即某字符總次數除以整部書所有字符總次數的商。比如：《漢書》的「以」字，在書中出現的總次數是 11671，而整部書中，所有字符出現的總次數是 802586。11671÷802586＝0.01454174，「0.01454174」就是「以」字在《漢書》中的相對字頻。為方便觀

察，把它折合成百分比，即 1.454174%。

具體一個漢字在書中的出現頻率，會因為該典籍規模大小不同而有差異。比如「之」字，在 1 萬字的甲典籍中出現了 10 次，而在 100 萬字的乙典籍中出現了 20 次，我們不能簡單下結論：就「之」的使用，乙典籍比甲典籍要頻繁——它出現了 20 次。如果按相對字頻作比較，甲典籍的相對字頻是：10÷10000=0.001。而乙典籍的相對字頻則是：20÷1000000＝0.0002。乙典籍遠不如甲典籍。由此看來，相對字頻是衡量漢字運用的更重要的一個指標。

三、累積字頻

把漢字按它在書中的出現頻率高低為序排列，並編上序號。具體一個漢字的累積字頻，是指包括這個漢字在內的，以及低於它的序號的漢字的絕對字頻之和。比如：「為」的累積字頻，就是序號低於「為」的「之」的絕對字頻加上「以」的絕對字頻再加上「為」的絕對字頻，亦即：（之）16446+（以）11671+（為）10775＝38892。應該這樣理解，累積字頻，就是指到該漢字的序號為止這麼幾個漢字的總出現頻率。比如「為」的累積字頻，的就是指：由序號 1 到「為」這個序號的 3 個漢字的總出現頻率。

四、累積覆蓋率

是指具體一個漢字的累積字頻與全書總字頻的比例。仍以「為」字為例，它的累積字頻是 38892，而全書各種字符出現的總次數是 802586。38892÷802586＝4.845836%。也就是說，到「為」的序號為止的這 3 個漢字，即「之、以、為」，它們合在一起的出現頻率，佔了全書的 4.845836%。如果說「累積字頻」還不便觀察具體若干個漢字在全書中的運用情況，那麼「累積覆蓋率」就更方便觀察及衡量了。

五、均頻倍值

首先應該理解什麼是「均頻」。「均頻」就是指平均的字頻，即全書各種字符總出現頻率的平均數。《漢書》共 5904 個字種，各種字符的總出現頻率是 802586，802586÷5904＝135.9394，那麼 135.9394 就是《漢書》的均頻（平均字頻）。

接下來，解釋「均頻倍值」，均頻倍值就是指，具體一個漢字的絕對字頻與均頻（全書的平均字頻）的比例。比如「爲」的均頻倍值就是：$10775 \div 135.9394 = 79.26326$。換句話說，「爲」的出現頻率，是全書平均字頻的 79.26326 倍。均頻倍值也是衡量具體一個漢字在全書的地位的一個重要指標。

六、分佈量

字種的分佈量也是字頻研究的一個重要指標。

馮志偉先生指出 [註1]：「在古代漢語的文獻中，一個漢字的重要性不僅與它在某部典籍中出現的頻率有關，而且還與這個漢字在包含多部典籍的統計樣本中的分佈有關。這樣的分佈可以使用「分佈率」（range）來計算。所謂分佈率，就是一個漢字在多部典籍的統計樣本中出現的典籍數目的多少。

早在 1935 年，加拿大學者貝克（E. Varder Beke）在他出版的《法語辭彙手冊》一書中，就首次全面地、自覺地採用分佈率標準來進行法語辭彙研究。貝克認爲，一個法語的單詞如果有五位作家各用一次，也比另一個只被一位作家使用十次的單詞更重要，因此，除了頻率之外，分佈率也是不可忽視的。」

我們這裡的分佈量與馮先生所說的分佈率雖有聯繫，但仍有區別，姑且稱之爲分佈量。本書的分佈量採用如下公式計算：

某字種出現在多少個文本÷參與統計的文本總數＝分佈量

在《漢書》的統計中，我們統計了每一個字種在《紀》《傳》《表》《志》的分佈情況。在這四類典籍中都出現的字種，分佈量是 1，即百分之百；只分佈在三類典籍中的，分佈量是 0.75；分佈在兩類典籍中的，分佈量是 0.5；只出現在 1 類典籍中的，分佈量是 0.25。

第四節　字頻區段的劃分標準

爲了方便觀察整部《漢書》以及對照各部典籍字種分部的狀況，就必須給字種按一定的特徵劃分區段。劃分區段的目的是爲了比較各典籍相同區段字種分佈情況，因此，這個標準應該能覆蓋到所有的典籍。字頻區段的劃分可以採

〔註 1〕見《十三經字頻研究・序言》，高等教育出版社 2011 年 11 月版。

用如下標準：

一、按絕對字頻劃分

整部《漢書》共 5904 個字種，如果要分為超高頻、高頻、中頻、低頻、超低頻 5 個區段，就可以根據比例，比如平均分，把它們劃分為 5 個區段，每個區段包含了一定數量絕對字頻的字種，比如超高頻區段，包含了 2000 以上的字種，而高頻區段，則是包含了 2000 至 1000 絕對頻率的字種。這樣的標準，對於單獨的一部典籍是可行的，但是如果是在多部典籍，顯然是極不合理的。舉一些差別懸殊的例子，比如在十三經的 13 部典籍中採用這樣的標準，那麼就很不合理了。因為典籍規模的大小，就直接關係決定了字種的絕對頻率。比如，《孝經》全書僅 1905 字，絕對頻率最高的「之」字，也只有 92 次。而《春秋左傳》195483 字，「之」字的絕對頻率則是 7347 字。對於這樣的兩部典籍，用絕對頻率作為劃分的標準是無法兼顧的。

二、按累積字頻劃分

累積字頻是指包括具體一個字種在內的，以及低於它的序號的字種的絕對字頻之和，它仍然是以絕對字頻為基礎計算出來的字頻。同樣道理，用它來區分在不同規模的典籍的字區，仍然是不合理的。

三、按累積覆蓋率劃分

不管是《漢書》，還是哪一部典籍，具體一個字種的累積字頻除以全書的總字頻，就得到該字種的累積覆蓋率了，而且每部典籍最末一個序號的字種，它的累積覆蓋率總是 1。在不同的典籍中，相同的字種，即使是序號最前的，它們的累積覆蓋率差別也不太大。比如《爾雅》的「之」累積覆蓋率是 6.50859%，《孝經》的「之」是 4.82940%。這應該是較好的一種字區劃分標準。

採用這個標準的有兩個缺點，一、同一絕對頻率的字種會出現在不同的累積覆蓋率中，比如「一用字」，《漢書》的「一用字」就有 1271 個，從它們的實際地位來說，應該都是同一個序號的，同理，它們的累積覆蓋率也應該是一樣的。但是實際處理中，卻給這些字種分配了不同的累積覆蓋率，這只是技術上的必要處理。由此看來，按累積覆蓋率來劃分字區也是不盡合理的。二、按累

積覆蓋率來劃分區段，不便處理多部典籍。如果僅僅是一部典籍，我們也可以把各區段字種的數量設計得大致均衡。但是在多部典籍中，照顧了規模大的典籍，就照顧不了規模小的典籍，比如《孝經》，就會缺少低頻區域以下的字種，而全都集中到中頻以上的區域。即便照顧了規模小的典籍，而規模大的典籍超低頻區的字種數量就會龐大的驚人，達五、六千個。

四、按相對字頻劃分

一個字種的絕對字頻除以該典籍的總字頻就是相對字頻，不管一部典籍規模大還是小，具體一個字種在該典籍的地位，可以通過這個指標來衡量，不同典籍，也可以通過它來衡量。這不失為一個劃分字頻區段的標準。但是我們發現，由於典籍的規模不同，同樣是只出現過一次的「一用字」，在整部《漢書》的指標是 0.00000125，而在規模最小的《孝經》中，卻是 0.000525。相差 421倍。仍然不能作為合理的字頻區段劃分標準。

五、按均頻倍值劃分

具體一個字種，總會有一個絕對字頻除以平均字頻的均頻倍值。而且相同絕對字頻的字種，在同一部典籍中均頻倍值也一定相同。均頻倍值可以作為劃分字頻區段較為理想的標準。只是由於各類典籍的規模的不同，最高均頻倍值及最低均頻倍值存在著一定的差距，給頻段的設置造成一定的困難。

在這裡，我們是統計分析《漢書》的字頻，當然可以為《漢書》單獨設置一個劃分字頻區段的標準，使擬設的五個區段字種分佈大致均衡。但是這樣的處理，卻不方便與其他典籍字種的區段作對比。因此，為方便與前期十三經的字種進行對比，在《漢書》的字頻區段劃分中，仍採用與十三經分區同樣的標準：

超高頻區：均頻倍值大於或等於 15 的區段；

高頻區：均頻倍值小於 15 至均頻倍值大於或等於 0.9 的區段；

中頻區：均頻倍值小於 0.9 至均頻倍值大於或等於 0.23 的區段；

低頻區：均頻倍值小於 0.23 至均頻倍值大於或等於 0.1 的區段；

超低頻區：均頻倍值小於 0.1 的區段。

第五節　《漢書》的字頻分佈

　　《漢書》除了標點符號之外，共 802586 個漢字，計 5904 個字種，我們按前述均頻倍值的標準，把 5904 個字種分爲超高頻、高頻、中頻、低頻、超低頻五個字頻區段。爲方便敘述，首先開列簡表。表中僅有每個頻段中的第一個和最末一個字種。

《漢書》字頻統計簡表

頻　段 字種數	序號	字種	絕對 字頻	相對字頻	累　積 字頻	累積覆蓋率	均頻倍值	分佈量
超高頻 63	1	之	16446	2.049126%	16446	2.049126%	120.9804	1.00
	63	兵	2050	0.255424%	272172	33.911880%	15.08025	1.00
高頻 946	64	乃	2020	0.251686%	274192	34.163566%	14.85956	1.00
	1009	戴	123	0.015325%	724427	90.261604%	0.904815	1.00
中頻 799	1010	鹿	122	0.015201%	724549	90.276805%	0.897459	1.00
	1808	矜	32	0.003987%	777253	96.843578%	0.235399	1.00
低頻 613	1809	刺	31	0.003863%	777284	96.847441%	0.228043	1.00
	2421	浪	14	0.001744%	790203	98.457112%	0.102987	0.75
超低頻 3483	2422	墾	13	0.001620%	790216	98.458732%	0.095631	0.25
	5904	禡	1	0.000125%	802586	100.000000%	0.007356	0.25

一、超高頻區段

　　絕對字頻在 2050 以上，共 63 個字種：

　　之以爲不王年其十子日而侯人大也者有二上下三於天將太中月所五國帝四公至一與軍百故相臣後漢是自使元事言皆六夫得陽千時封行長安東民兵

　　從分佈量來看，全部 63 個字種都是 1.00，亦即全都出現在《紀》《傳》《表》《志》這四類典籍中。

　　《漢書》這 63 個字種中的 61 個字種〔註2〕：

　　主要用作虛詞的 16 個：之以不其而也者於所至與故相是自皆。

〔註 2〕「太」在《漢書》中大多充當「太子、太祖、太尉、太原」等複音詞中的詞素，「陽」的用法類似，故未統計在內。

主要用作名詞 25 個，其中：

主要表示君王等等級的：王侯將帝公臣。

主要表示朝代名國名的：漢國。

主要表示自然時令的：天時月年元。

主要表示方位的：上下東中後。

主要表示親屬的：子夫。

主要用作人的泛稱：人民。

有關軍事的：軍兵。

一般名詞：事。

主要用作動詞的 8 個：爲曰行有使言得封。

主要用作形容詞的 3 個：大長安。

數詞 9 個：一二三四五六十百千。基數詞除了「七八九」未出現之外，其餘的都出現在這個區段。

用列表的形式作簡單的統計〔註 3〕：

《漢書》超高頻區段字種詞類分佈表

詞 類	名 詞	虛 詞	數 詞	動 詞	形容詞
數 量	25	16	9	8	3
比 例	40.98%	26.23%	14.75%	13.11%	4.92%

可以看出，在超高頻區段中，名詞最多，餘下來的以數量的多寡從高到低順序是：虛詞、數詞、動詞、形容詞。

在《漢書》的超高頻區段，「之以爲不」4 個字種，絕對字頻都在 10000 次以上。這 4 個字種除了「爲」主要兼屬動詞和介詞之外，其餘的都是虛詞，「之」和「以」的絕對字頻最高。與十三經大於 10000 次絕對字頻的 5 個字「之也子不以」相比，《漢書》中的「也」「子」已經達不到這麼高的絕對字頻，「也」只有只 5618 次，「子」只有 6576 次。我們注意到十三經中的「爲」和「為」絕

〔註 3〕這裏的統計僅作參考。因爲《漢書》除了單音詞之外，還有複音詞。即便是單音詞，一詞多類的現象也不少見。因此，這裏的統計，是欠嚴謹的。但是相對來說，有統計總比無統計要好些，它可以提供一個大致的參照。以下的處理同此。

對字頻合計也只有 5384 次，而《漢書》的「爲」則達到了 10775 次。而且均頻倍值也比十三經的高。

超高頻區段的字種，絕大部分都可以充當基本詞彙。

除標點符號外，《漢書》共計 802586 個漢字，十三經共計 616328 個漢字，兩部典籍的規模比較接近，而且，我們在設置《漢書》的字頻區段時，仍採用與十三經同樣的劃分標準。下面拿《漢書》與十三經作一番對比。

對比的指標以「序號」作爲參照點不失爲一種簡單的辦法，但是要想準確瞭解兩者間的差距還是不準確的。

以「相對字頻」、「均頻倍率」、「累積字頻」作爲比較標準，仍然欠準確，因爲兩者的同類參數，最大值與最小值都有較大的差異。比如「相對字頻」，取最高頻的字種，《漢書》的「之」是 2.049126%，而十三經「之」則是 3.663634%。

在諸項指標中，取「累積覆蓋率」有較好的可比性。因爲到最末一個字種，兩者的累積覆蓋率都是 1〔註4〕。爲了更準確直觀，我們設置了「差值」一列，計算公式爲：

十三經累積覆蓋率÷《漢書》累積覆蓋率＝差值

前邊已經介紹過，累積覆蓋率是累積字頻除以全書字數所得的商，由此可見，序號越靠前，字頻越高的字種，累積覆蓋率就越低。爲避免誤解，我們採用「十三經累積覆蓋率÷《漢書》累積覆蓋率」來計算差值，從實踐來看，這個標準是有效的。

差值越大，就說明該字種在十三經所代表的時代發展到《漢書》所代表的時代，變化就越大，使用頻率越高，在典籍中的地位越重要。如果差值等於或近於 1，這說明兩者的累積覆蓋率相等或非常接近。也就是說，沒有變化或變化很小。如果差值小於 1，就說明這個字種發展到《漢書》所代表的時代，使用頻率變低，地位降低了。

〔註4〕具體一個「一用字」的累積覆蓋率的確定，是欠合理的，前邊已經介紹過。但是我們對比，包括以下的各項對比，都不會涉及出現「一用字」的超低頻區段，因此可以避免這方面的欠缺。

《漢書》與十三經超高頻區段 42 個相同字種對比表（按差值排序）

超高頻字種	漢書序號	漢書累積覆蓋率	十三經序號	十三經累積覆蓋率	差值
爲	3	4.845836%	24	28.052920%	5.79
年	6	8.080879%	67	42.041575%	5.20
王	5	7.174807%	20	25.960852%	3.62
十	8	9.744127%	34	32.136784%	3.30
以	2	3.503301%	5	11.454777%	3.27
將	24	20.336637%	65	41.537785%	2.04
上	19	17.704894%	45	35.876027%	2.03
中	26	21.282081%	69	42.531736%	2.00
下	20	18.276297%	47	36.512214%	2.00
五	29	22.627482%	75	43.942187%	1.94
侯	12	12.921606%	18	24.844239%	1.92
二	18	17.122776%	31	30.992913%	1.81
所	28	22.184040%	59	39.982282%	1.80
之	1	2.049126%	1	3.663634%	1.79
四	32	23.888655%	58	39.708078%	1.66
其	7	8.915057%	7	14.578763%	1.64
不	4	6.140277%	4	9.754384%	1.59
三	21	18.833745%	28	29.819836%	1.58
天	23	19.852203%	32	31.380044%	1.58
大	14	14.427613%	14	22.178775%	1.54
一	35	25.083667%	52	38.012714%	1.52
自	45	28.657240%	66	41.790735%	1.46
而	11	12.152343%	9	17.492634%	1.44
曰	10	11.379964%	8	16.117068%	1.42
故	39	26.573476%	48	36.825521%	1.39
國	30	23.052234%	33	31.762957%	1.38
者	16	15.819489%	12	20.495418%	1.30
行	58	32.609340%	61	40.515764%	1.24
月	27	21.739353%	21	26.510235%	1.22
事	48	29.611655%	44	35.557041%	1.20
是	44	28.329301%	39	33.901754%	1.20
與	36	25.457957%	29	30.211186%	1.19
於	22	19.365900%	15	22.929998%	1.18
言	49	29.923398%	42	34.911443%	1.17
民	62	33.656456%	56	39.156099%	1.16

超高頻字種	漢書序號	漢書累積覆蓋率	十三經序號	十三經累積覆蓋率	差值
使	46	28.977580%	36	32.864806%	1.13
有	17	16.508636%	10	18.540290%	1.12
人	13	13.675419%	6	13.027479%	0.95
夫	52	30.850027%	22	27.043068%	0.88
公	33	24.299577%	11	19.555334%	0.80
子	9	10.563479%	3	7.845660%	0.74
也	15	15.127600%	2	5.920873%	0.39

《漢書》與十三經超高頻區段相同的字種共 42 個。從上表可以看出，差值大於 1 的有個 37 字種，:「為年王十以將上中下五侯二所之四其不三天大一自而曰故國者行月事是與於言民使有」。其中變化較大是「為年王十以將上中下」這 9 個字種，差值達 5.79 至 2。這都是使用頻率變得比先秦時期高的字種，占超高頻區段的 88.1%。

差值小於 1 的有 5 個：「也子公夫人」，差值在 0.39 至 0.95，這是使用頻率變得比先秦時期低的字種，占 11.9%。其中「也」的變化最大，到漢代，使用的頻率大幅度地降低。

接下來，對比兩部典籍在超高頻區段相異的字種。先看在超高頻區段中《漢書》與十三經不同字種：

《漢書》與十三經超高頻區段 21 個相異字種對比表（按差值排序）

超高頻字種	漢書序號	漢書累積覆蓋率	十三經經序號	十三經累積覆蓋率	差值
太	25	20.814343%	1069	90.91198%	4.37
漢	43	28.001236%	1198	92.19669%	3.29
帝	31	23.475366%	431	77.03966%	3.28
軍	37	25.832247%	278	68.90990%	2.67
千	55	31.769057%	635	83.61051%	2.63
元	47	29.297047%	366	74.04256%	2.53
封	57	32.339089%	402	75.75771%	2.34
兵	63	33.911880%	454	77.97325%	2.30
百	38	26.205291%	163	58.72814%	2.24
安	60	33.143364%	349	73.17419%	2.21
陽	54	31.464042%	265	68.00535%	2.16
相	40	26.940041%	149	56.97437%	2.11
臣	41	27.303367%	111	51.13689%	1.87

超高頻字種	漢書序號	漢書累積覆蓋率	十三經經序號	十三經累積覆蓋率	差值
後	42	27.659466%	112	51.31196%	1.86
皆	50	30.232897%	139	55.58923%	1.84
至	34	24.704891%	80	45.06626%	1.82
時	56	32.063978%	160	58.36616%	1.82
長	59	32.878969%	169	59.44043%	1.81
得	53	31.157907%	118	52.33285%	1.68
六	51	30.541898%	89	46.95552%	1.54
東	61	33.400284%	109	50.78108%	1.52

　　上表開列出《漢書》超高頻區段 21 個與十三經相應區段不同的字種，爲進一步瞭解它們與十三經的相應字種的差異，我們提取了十三經相應的資料。從這些資料的對比，也可以窺見由十三經所反映的年代到《漢書》所反映的年代，漢語在用字方面的發展變化。

　　這 21 個字種的差值都大於 1，它們的在漢代的使用都比先秦要頻繁。其中差值最大字種是「太漢帝軍千元封兵百安陽相」，差值達 4.37 至 2.11，無論是以序號或是以累積覆蓋率作爲標準，它們與十三經中的差距都很大。

　　「漢」是西漢朝代名，它在《漢書》中頻頻出現本在情理之中。「太」是後起的今字，而在十三經那個年代則多用古字「大」。《漢書》中的「太」遠比十三經中多，也是理所當然。秦始皇起才稱皇帝，《漢書》中的「帝」自然也遠超十三經。漢語中的數詞，大多是高頻字，兩部典籍超高頻區段已有「一二三四五」這些相同的數詞。

　　然而從上表看，《漢書》的數詞「千」，與十三經的差距確實大了：

　　「千」在《漢書》中序號是 55，而在十三經的序號則是 635；就相對字頻來看，前者是 0.305014%，而在十三經中則淪落到了 0.02482%。

　　這些與十三經相比表現出很大差異的字種，說明了，到了《漢書》所代表的時代，已經取得了非常重要的地位，使用頻率遠比十三經所代表的時代更高。

　　在前邊兩項統計的基礎上小結一下：《漢書》超高頻區段的 63 個字種，其中 58 個字種的差值都大於 1，占 92.06%；而差值小於 1 的字種僅有 5 個，占 7.94%。也就是說，這 63 個字種，由十三經所代表的時代發展到《漢書》所代表的時代，絕大部分字種的地位升高了，使用頻率增加；而只有很少部分的字種頻率降低，地位變得次要。

再看看在超高頻區段中十三經與《漢書》不同字種：

十三經與《漢書》超高頻區段 37 個相異字種對比表（按差值排序）

超高頻字種	漢書序號	漢書累積覆蓋率	十三經序號	十三經累積覆蓋率	差值
曰	72	36.105290%	77	44.398437%	1.23
入	75	36.807021%	72	43.244182%	1.17
出	77	37.270274%	68	42.288684%	1.13
及	74	36.573900%	54	38.590329%	1.06
在	85	39.018622%	62	40.774555%	1.05
諸	71	35.869427%	41	34.575745%	0.96
孫	118	45.408218%	74	43.711628%	0.96
可	78	37.494300%	38	33.561350%	0.90
正	150	50.433225%	78	44.623480%	0.88
士	134	48.021894%	64	41.283862%	0.86
父	181	54.502321%	79	44.847062%	0.82
卒	210	57.827323%	76	44.171123%	0.76
主	164	52.361741%	57	39.433386%	0.75
楚	162	52.097221%	53	38.301684%	0.74
無	69	35.394836%	19	25.404817%	0.72
謂	200	56.716539%	60	40.254702%	0.71
夏	257	62.342727%	70	42.770570%	0.69
矣	154	51.005001%	37	33.219649%	0.65
如	111	44.146422%	25	28.543243%	0.65
則	81	38.161020%	17	24.264677%	0.64
爲	163	52.230041%	35	32.505581%	0.62
焉	235	60.361506%	50	37.429907%	0.62
拜	449	74.812543%	73	43.479122%	0.58
命	280	64.250311%	49	37.134286%	0.58
君	95	41.085566%	16	23.641632%	0.58
齊	151	50.576885%	26	28.996249%	0.57
師	173	53.516632%	30	30.602374%	0.57
何	135	48.176893%	23	27.548156%	0.57
乎	261	62.682379%	43	35.236433%	0.56
伯	360	69.938922%	51	37.723582%	0.54
禮	346	69.042944%	46	36.194689%	0.52
宋	638	82.068090%	71	43.007782%	0.52

超高頻字種	漢書序號	漢書累積覆蓋率	十三經序號	十三經累積覆蓋率	差值
于	94	40.885338%	13	21.387151%	0.52
我	303	66.041645%	40	34.239561%	0.52
伐	563	79.539638%	63	41.029290%	0.52
鄭	524	78.051822%	55	38.877189%	0.50
晉	520	77.894082%	27	29.420049%	0.38

　　拿十三經超高頻字種與《漢書》的字種相比，首先可以把在十三經中用作國名的字種「齊晉楚鄭宋」排除掉。餘下的，差值大於 1 的有 5 個字種：「日入出在及孫」，僅占總數的 13.51%。除了「日孫」是名詞外，其餘多是動詞。

　　餘下差值小於 1 的字種，原先在十三經中屬於超高頻，但是到了《漢書》所代表的年代，已經變為非超高頻字了，相對而言，它們的地位已經變得不太重要了，使用頻率變低。而差別較大的是：「伐我于禮伯」。這類字種占大多數：86.49%。

二、高頻區段

　　絕對字頻在 2020 至 123 次，共 946 個字種：

乃數后萬平無令諸日立及入莽出可南復則見尉欲在書成七此從
今明道于君武八亡嗣皇文死高山孝九地世餘吏如家史官都郡西
孫能未聞殺薨司守生馬水又方知治北士何詔然當德光歲丞奴定
城周食用氏正齊始秦矣非位陵擊法傳功楚為主居常先信匈戶免
河師亦名等石發趙少父卽車騎賜屬坐左遂金廣賢已內誅宮多過
因謂去樂弟右陳前宗罪起卒里反建朝親歸單心御田奏受作外初
通宜義衆門甚春宣陰焉遣秋邑分意稱重奉黃失問海易女卿勝張
舉祖善絕夏必會更乎章來小遷尊且星共足吾關置白梁節陛請博
命亂廟幸還既度益昭同劉縣郎代篇制興議延謀說政若我邪雖聖
各降昌異莫母風間病神服列爵乘鄉或望夷盡哀衞祿貴終破古進
敢取和利朔徙室尙韓傅吳獨禮朕景合第侍淮羣京身姓本恐求伯
兮臨召罷語惠呂經燕江計府首物學願威往州祠嘉告號廷布變越
壽耳敬良任羽廢久戰敗魯遠項直惡新斬攻輔土胡好氣滅獄云流
咸錢力丁康雲湯衣詩甲老酒聽應凡塞留魏顯兩孔刑害口視玄猶

虜禹思災客忠疾拜許致烏對徵深商除沛盛賊庶加並近原盜邊兄
夜鳳毋嘗伏哉教卷持引厚川難比業次農仁象冬吉申校徒執崩富
傷止怒衡處逆彊赦解李論遣火姦諫職化仲動頃著承愛備晉丙賦
觀鄭永舍厥私唯報辭就泰修策穀順微泉收爭固略恩妻龍弘俱俗
嚴辰極尹離乙蓋被甘房惟賞昆伐賈聲改丘怨澤鼎參誠憂疑謝具
實權由濟舒雨市木喜己走充連護捕青禁籍嬰材林賀曹向棄急卉
予紀隨危曾福辟游養射輕僕暴叔空虛懷亭襄彭冠牛渠祀殷霸勿
給寬獲美谷男雍宋桓謁財待開積輒丹素字色決便獻蒙茲統靡豈
考朱施季容息路郊率繇董儀杜臧律兆約錯印竊癸儒薄勞指疏登
殿戊旦霍省辛震交葬術陶祭部愚午內察屯犯保戒讓賓曲酉堂馮
揚休勢救鴻桀敝咎孟禍舜窮刺追歌責罰理類懼豪勃卯壬羊畜逐
器虞竟助弗靈戚族寶推廉符羌退精馳寧授昔苦尤迎繼衰衛宛圍
喪頗淫寵蕭野豐弱飲崇產患放選送貧奇寡歷赤寅婦邯歆侵散厲
恭載支慶丑巳末務躬唐黨寒專誼背志園幾姬涉草習頭玉茂效宿
典扶呼肉牧詐附蜀社骨華薦稷肯曆橫級記畏勳貢秩謹壹旁述粵
淒序體增鼓候聚膠存舊它要音假帛領褒期況縱蔡井占兒闕滿亥
遇斤郭性顧虎悼圖諡戎設欽雜困壞徐適征庭監最域面負結幽虖
隆倉營鐵敖驕費蠻寇鹽篡楊時屠轉翁造別種繫狀偃沙角情堯綏
尺稽毀再畢卑詣壯釐悉樓采雒溫惑庚阿質戍形旱榮稍狩宰奪祝
買須隱賤條劾雄池移折狄避距辜步驚目孤輿減凶掾擅頓接勸露
飢案忘根彌半琅臺覆果匡匹妾顥陸全友表斷翟慎滎眞舞禽獸鬼
戴

從分佈量來看，這 946 個字種中有 894 個字種的分佈量為 1.00，占總數的
94.5%；有 49 個字種為 0.75，占 5.18%；有 2 個字種為 0.5，占 0.21%；而分佈
量為 0.25 的字種只有 1 個，占 0.11%。

這 946 個字種中主要用作除代詞外的虛詞的有 63 個：

乃可則此于未又方何然始矣非常亦遂已初甚焉必乎且請幸既邪雖各或敢尚
兮咸凡猶毋哉私唯蓋惟由曾勿輒便茲豈約弗寧諸尤數頗況最虖再稍彌全

主要用作數詞或序數的 27 個:萬七八九丁甲兩申丙辰乙癸戊辛午酉卯壬寅

丑巳幾壹亥庚戌半。

　　主要用作代詞的 6 個：吾我莫己躬它。

　　主要用作動詞的 336 個，如：馳授迎繼衛圍飲患放選送侵慶涉習效扶呼牧附薦。

　　主要用作名詞的 323 個，如：后日尉今道君武皇山地世吏家官都郡孫馬水士德歲丞奴城秦位陵功楚。

　　主要用作形容詞的 116 個，如：平明高正齊少廣賢多重善小尊白博亂昭聖昌貴獨威嘉久。

　　兼屬動詞、虛詞的 12 個：及從復爲當等即因更嘗厥極。

　　兼屬動詞、名詞的 63 個，如：食用朝親意關謀服語布害。

　　以下列表統計：

《漢書》高頻區段字種詞類分佈表

詞　類	動　詞	名　詞	形容詞	虛　詞	兼動詞名　詞	數　詞	兼動詞虛　詞	代　詞
數　量	336	323	116	63	63	27	12	6
比　例	35.52%	34.14%	12.26%	6.66%	6.66%	2.85%	1.27%	0.63%

　　到從超高頻區段到高頻區段，絕大部分的虛詞和數詞都出現在這裡。這兩個區段，累積覆蓋率達 90.261604%，這 1009 個字種，應該作爲上古漢語教學的重要依據。

　　下邊再把《漢書》高頻區段的字種與十三經高頻區段的字種作一番對比。

　　首先對比兩部典籍中相同的高頻字種，共計 630 個，占這個區段的 66.6%：

《漢書》與十三經高頻區段相同 630 個字種對比表（按差值排序）

高頻字種	漢書序號	漢書累積覆蓋率	十三經序號	十三經累積覆蓋率	差值
數	65	34.413882%	375	74.484365%	2.16
嗣	99	41.874142%	892	88.600064%	2.12
萬	67	34.911399%	356	73.536169%	2.11
吏	110	43.960772%	948	89.408724%	2.03
后	66	34.663326%	301	70.430842%	2.03
平	68	35.154613%	294	69.982055%	1.99
皇	100	42.067268%	470	78.578127%	1.87

高頻字種	漢書序號	漢書累積覆蓋率	十三經序號	十三經累積覆蓋率	差值
都	115	44.872574%	618	83.178437%	1.85
薨	123	46.271677%	670	84.444160%	1.82
餘	109	43.774125%	496	79.514155%	1.82
詔	136	48.331394%	822	87.460735%	1.81
令	70	35.633565%	195	62.236017%	1.75
光	140	48.947901%	713	85.392518%	1.74
高	103	42.643156%	369	74.191340%	1.74
擊	158	51.559584%	912	88.899255%	1.72
孝	105	43.022679%	350	73.226269%	1.70
法	159	51.694896%	770	86.526492%	1.67
戶	170	53.137234%	908	88.840682%	1.67
陵	157	51.422527%	603	82.781733%	1.61
復	80	37.941355%	180	60.683110%	1.60
內	194	56.036736%	889	88.553822%	1.58
誅	195	56.150618%	887	88.522670%	1.58
亡	98	41.678524%	233	65.605165%	1.57
官	114	44.692531%	295	70.047442%	1.57
等	176	53.890549%	660	84.212627%	1.56
歲	141	49.101405%	421	76.607748%	1.56
廣	191	55.690730%	742	85.986520%	1.54
守	125	46.601610%	323	71.753190%	1.54
武	96	41.285171%	208	63.478862%	1.54
山	104	42.833914%	235	65.763847%	1.54
今	91	40.272818%	189	61.631144%	1.53
定	144	49.552073%	403	75.803631%	1.53
欲	84	38.806184%	167	59.204514%	1.53
金	190	55.573359%	683	84.737997%	1.52
傳	160	51.829461%	472	78.652114%	1.52
史	113	44.510869%	256	67.358776%	1.51
常	166	52.622647%	498	79.584085%	1.51
單	217	58.570421%	852	87.964201%	1.50
家	112	44.329206%	245	66.535838%	1.50
明	92	40.478902%	178	60.461800%	1.49
發	178	54.136628%	536	80.839099%	1.49
南	79	37.718326%	143	56.160032%	1.49

高頻字種	漢書序號	漢書累積覆蓋率	十三經序號	十三經累積覆蓋率	差值
七	88	39.650081%	165	58.967628%	1.49
當	138	48.640021%	332	72.262172%	1.49
河	172	53.391537%	483	79.052874%	1.48
陰	234	60.265816%	909	88.855447%	1.47
石	177	54.014149%	488	79.231513%	1.47
書	86	39.230687%	153	57.494062%	1.47
意	240	60.831363%	867	88.208065%	1.45
起	209	57.718924%	633	83.560864%	1.45
立	73	36.340405%	119	52.499968%	1.44
水	128	47.082431%	264	67.934282%	1.44
建	213	58.149033%	640	83.733337%	1.44
因	199	56.604152%	550	81.268091%	1.44
免	171	53.265195%	411	76.165451%	1.43
少	180	54.380714%	439	77.375196%	1.42
海	247	61.472291%	797	87.020223%	1.42
屬	186	55.100388%	441	77.456809%	1.41
賜	185	54.981522%	426	76.825002%	1.40
絕	256	62.257129%	771	86.545151%	1.39
治	132	47.711149%	237	65.919770%	1.38
八	97	41.482159%	150	57.106281%	1.38
通	226	59.482971%	568	81.799139%	1.38
宮	196	56.264251%	438	77.333822%	1.37
星	268	63.268734%	779	86.693611%	1.37
黃	244	61.200544%	639	83.708837%	1.37
始	152	50.720297%	282	69.182968%	1.36
賢	192	55.807228%	409	76.075239%	1.36
乃	64	34.163566%	86	46.348048%	1.36
甚	231	59.976252%	540	80.963545%	1.35
張	252	61.913490%	614	83.073948%	1.34
見	82	38.377943%	113	51.485248%	1.34
劉	290	65.047858%	803	87.127471%	1.34
文	101	42.260019%	146	56.574908%	1.34
地	107	43.398963%	156	57.873243%	1.33
代	293	65.283970%	793	86.948183%	1.33
功	161	51.963902%	270	68.356460%	1.32

高頻字種	漢書序號	漢書累積覆蓋率	十三經序號	十三經累積覆蓋率	差值
秦	153	50.863459%	248	66.763963%	1.31
即	182	54.622931%	321	71.637829%	1.31
趙	179	54.258983%	311	71.042529%	1.31
列	318	67.131248%	833	87.647973%	1.31
勝	251	61.826770%	520	80.330279%	1.30
梁	275	63.844373%	596	82.592548%	1.29
奉	243	61.108841%	479	78.908795%	1.29
分	239	60.738164%	463	78.317227%	1.29
城	145	49.700344%	214	64.018834%	1.29
宜	227	59.582026%	423	76.695201%	1.29
九	106	43.211195%	138	55.444828%	1.28
聞	121	45.933520%	164	58.848048%	1.28
遷	265	63.018543%	532	80.713516%	1.28
章	262	62.766981%	517	80.232441%	1.28
縣	291	65.126728%	619	83.204398%	1.28
又	129	47.240919%	177	60.349846%	1.28
死	102	42.452273%	129	54.105606%	1.27
御	219	58.776380%	382	74.820388%	1.27
度	286	64.731256%	588	82.370913%	1.27
益	287	64.810625%	589	82.398982%	1.27
成	87	39.441132%	105	50.049649%	1.27
第	350	69.304099%	816	87.356894%	1.26
江	370	70.549574%	905	88.796388%	1.26
號	383	71.320581%	973	89.747667%	1.26
名	175	53.766201%	258	67.503829%	1.26
信	168	52.881311%	243	66.382511%	1.26
前	206	57.387121%	327	71.982126%	1.25
宣	233	60.169876%	395	75.434996%	1.25
獨	345	68.976658%	767	86.470029%	1.25
此	89	39.858283%	104	49.862086%	1.25
景	348	69.174518%	764	86.413079%	1.25
壽	388	71.609273%	931	89.172324%	1.25
里	211	57.935100%	329	72.095540%	1.24
道	93	40.683366%	108	50.602277%	1.24
馬	127	46.923445%	159	58.245123%	1.24

高頻字種	漢書序號	漢書累積覆蓋率	十三經序號	十三經累積覆蓋率	差值
病	315	66.918685%	612	83.021378%	1.24
生	126	46.763960%	157	57.998014%	1.24
願	376	70.909909%	829	87.580314%	1.24
京	354	69.561393%	738	85.906855%	1.23
斬	404	72.510734%	952	89.463889%	1.23
白	274	63.762637%	453	77.934476%	1.22
眾	229	59.779637%	346	73.016965%	1.22
間	314	66.846668%	562	81.623908%	1.22
居	165	52.492568%	212	63.840844%	1.22
方	130	47.398908%	154	57.621591%	1.22
咸	415	73.100827%	898	88.691249%	1.21
韓	342	68.777178%	623	83.307589%	1.21
望	323	67.482862%	564	81.682319%	1.21
各	307	66.336816%	515	80.166729%	1.21
獄	412	72.941716%	862	88.127426%	1.21
語	365	70.246428%	684	84.760387%	1.21
湯	421	73.412818%	869	88.240190%	1.20
節	276	63.926109%	424	76.738522%	1.20
祿	328	67.829367%	554	81.387832%	1.20
制	295	65.440215%	468	78.503978%	1.20
口	438	74.277274%	926	89.101258%	1.20
臨	362	70.062647%	652	84.022469%	1.20
吳	344	68.910248%	597	82.619806%	1.20
經	368	70.428590%	665	84.329610%	1.20
過	198	56.491142%	257	67.431465%	1.19
魏	432	73.974876%	861	88.111201%	1.19
風	313	66.774153%	494	79.443900%	1.19
多	197	56.377759%	251	66.989493%	1.19
聖	306	66.263428%	474	78.725776%	1.19
本	357	69.751154%	606	82.862047%	1.19
應	428	73.772032%	832	87.631099%	1.19
去	201	56.828925%	254	67.211615%	1.18
尚	341	68.710518%	541	80.994211%	1.18
攻	405	72.565183%	706	85.243409%	1.17
嘉	381	71.204083%	636	83.635175%	1.17

高頻字種	漢書序號	漢書累積覆蓋率	十三經序號	十三經累積覆蓋率	差值
流	414	73.048122%	711	85.350333%	1.17
周	146	49.848241%	158	58.121812%	1.17
祖	254	62.085558%	334	72.372665%	1.17
耳	389	71.666712%	632	83.536039%	1.17
胡	408	72.727409%	680	84.670338%	1.16
康	419	73.309278%	710	85.329078%	1.16
然	137	48.485770%	144	56.299892%	1.16
彊	502	77.161201%	950	89.436307%	1.16
鄉	321	67.342814%	456	78.050648%	1.16
邑	238	60.644841%	296	70.112830%	1.16
羽	393	71.895597%	611	82.995094%	1.15
朔	338	68.509917%	482	79.017017%	1.15
任	392	71.838407%	601	82.728028%	1.15
著	516	77.735221%	942	89.325976%	1.15
盛	459	75.282150%	768	86.488850%	1.15
臺	353	69.497724%	505	79.826488%	1.15
昭	288	64.889993%	376	74.532879%	1.15
威	377	70.969466%	552	81.328124%	1.15
久	395	72.009729%	590	82.426890%	1.14
卿	250	61.738555%	304	70.615646%	1.14
深	455	75.095255%	737	85.886736%	1.14
謀	299	65.743733%	389	75.153490%	1.14
殺	122	46.102598%	120	52.667086%	1.14
宗	207	57.498013%	234	65.684506%	1.14
布	385	71.436457%	561	81.594541%	1.14
賊	460	75.328625%	743	86.006153%	1.14
異	310	66.555983%	405	75.894491%	1.14
變	386	71.494270%	556	81.447216%	1.14
車	183	54.742794%	196	62.335477%	1.14
從	90	40.066360%	82	45.501746%	1.14
嘗	472	75.869502%	748	86.104315%	1.13
忠	447	74.716853%	685	84.782778%	1.13
直	401	72.346017%	578	82.087298%	1.13
徵	454	75.048406%	700	85.113284%	1.13
永	525	78.091195%	883	88.460365%	1.13

高頻字種	漢書序號	漢書累積覆蓋率	十三經序號	十三經累積覆蓋率	差值
未	120	45.760579%	115	51.826463%	1.13
新	403	72.455911%	577	82.058741%	1.13
已	193	55.922231%	205	63.202710%	1.13
氣	410	72.834811%	586	82.314774%	1.13
姓	356	69.687984%	473	78.688945%	1.13
原	465	75.556389%	705	85.221830%	1.13
除	457	75.188827%	686	84.805169%	1.13
泉	539	78.635187%	895	88.645818%	1.13
廢	394	71.952788%	543	81.055542%	1.13
哀	326	67.691313%	410	76.120345%	1.12
德	139	48.794273%	134	54.862508%	1.12
司	124	46.438263%	117	52.164270%	1.12
合	349	69.239434%	447	77.698076%	1.12
玄	440	74.375955%	629	83.460430%	1.12
燕	369	70.489144%	484	79.088732%	1.12
諫	510	77.492630%	788	86.857809%	1.12
崩	494	76.825536%	747	86.084682%	1.12
遺	507	77.369154%	776	86.638284%	1.12
誠	572	79.870444%	949	89.422515%	1.12
易	248	61.561378%	277	68.841429%	1.12
昆	562	79.502508%	907	88.825917%	1.12
北	133	47.866521%	125	53.475747%	1.12
害	437	74.227310%	598	82.646902%	1.11
傷	496	76.909764%	717	85.476240%	1.11
嬰	595	80.676962%	963	89.613972%	1.11
走	587	80.402848%	924	89.072702%	1.11
田	220	58.878675%	228	65.199861%	1.11
古	332	68.103356%	394	75.388592%	1.11
賞	561	79.465378%	851	87.947814%	1.11
舒	581	80.193400%	894	88.630567%	1.11
材	596	80.710478%	916	88.957665%	1.10
左	188	55.337621%	182	60.899553%	1.10
承	517	77.775092%	718	85.497008%	1.10
近	464	75.511285%	610	82.968647%	1.10
罪	208	57.608530%	206	63.295518%	1.10

高頻字種	漢書序號	漢書累積覆蓋率	十三經序號	十三經累積覆蓋率	差值
失	245	61.292248%	255	67.285439%	1.10
足	270	63.433701%	288	69.586486%	1.10
坐	187	55.219129%	179	60.572942%	1.10
丁	418	73.257321%	518	80.265216%	1.10
川	480	76.223233%	628	83.435119%	1.09
厚	479	76.179126%	622	83.281954%	1.09
還	284	64.572270%	303	70.554315%	1.09
爭	541	78.711939%	741	85.966726%	1.09
富	495	76.867775%	646	83.878876%	1.09
疑	574	79.943333%	806	87.181014%	1.09
廟	282	64.411789%	298	70.242144%	1.09
貴	329	67.898020%	365	73.992582%	1.09
初	225	59.383169%	222	64.704995%	1.09
召	363	70.124074%	414	76.299795%	1.09
重	242	61.016888%	242	66.305604%	1.09
尊	266	63.102023%	273	68.565439%	1.09
州	379	71.087211%	435	77.208564%	1.09
稱	241	60.924437%	240	66.151789%	1.09
夜	469	75.736058%	583	82.229917%	1.09
積	644	82.252618%	939	89.284439%	1.09
參	571	79.833937%	772	86.563810%	1.08
越	387	71.551834%	444	77.577848%	1.08
舉	253	61.999586%	253	67.137790%	1.08
決	650	82.434281%	933	89.200556%	1.08
良	391	71.781217%	445	77.618086%	1.08
輕	614	81.305306%	845	87.848678%	1.08
盡	325	67.622037%	344	72.911826%	1.08
龍	546	78.902323%	697	85.047897%	1.08
危	607	81.076545%	817	87.374255%	1.08
神	316	66.989830%	330	72.151192%	1.08
暴	616	81.369972%	828	87.563278%	1.08
位	156	51.284224%	136	55.154885%	1.08
極	552	79.128716%	687	84.827559%	1.07
丙	521	77.933580%	631	83.510890%	1.07
惠	366	70.307356%	392	75.295297%	1.07

高頻字種	漢書序號	漢書累積覆蓋率	十三經序號	十三經累積覆蓋率	差值
兩	434	74.076049%	490	79.302579%	1.07
商	456	75.142103%	521	80.362729%	1.07
隨	606	81.043527%	777	86.656780%	1.07
共	269	63.351217%	261	67.719786%	1.07
賈	564	79.576768%	696	85.025993%	1.07
茲	654	82.553645%	865	88.175939%	1.07
災	445	74.620165%	501	79.688413%	1.07
右	204	57.164964%	183	61.005017%	1.07
房	559	79.390994%	678	84.625232%	1.07
力	417	73.205239%	455	78.012033%	1.07
察	701	83.877366%	944	89.353558%	1.07
和	336	68.375227%	341	72.753307%	1.06
雍	637	82.037065%	812	87.286964%	1.06
朱	659	82.701293%	848	87.898327%	1.06
僕	615	81.337701%	759	86.317188%	1.06
知	131	47.555651%	107	50.423151%	1.06
市	583	80.263423%	699	85.091542%	1.06
休	713	84.199076%	928	89.129814%	1.06
學	375	70.850351%	385	74.963656%	1.06
作	223	59.183066%	198	62.532775%	1.06
改	566	79.650654%	649	83.950916%	1.05
弟	203	57.053574%	175	60.125453%	1.05
微	538	78.596811%	604	82.808505%	1.05
助	742	84.948778%	951	89.450098%	1.05
義	228	59.681081%	201	62.823854%	1.05
府	372	70.670184%	372	74.338502%	1.05
非	155	51.145921%	127	53.792786%	1.05
素	647	82.343824%	774	86.601128%	1.05
親	215	58.360475%	186	61.319460%	1.05
靡	656	82.612954%	782	86.748614%	1.05
疏	683	83.385083%	826	87.529205%	1.05
寶	747	85.073749%	938	89.270486%	1.05
追	725	84.514557%	896	88.661070%	1.05
類	730	84.643515%	902	88.751606%	1.05
能	119	45.586018%	93	47.746005%	1.05

高頻字種	漢書序號	漢書累積覆蓋率	十三經序號	十三經累積覆蓋率	差值
具	576	80.015849%	634	83.585688%	1.04
就	532	78.364562%	569	81.828182%	1.04
曲	708	84.065757%	839	87.748731%	1.04
揚	712	84.172413%	841	87.782155%	1.04
身	355	69.624688%	338	72.591704%	1.04
薄	680	83.301852%	778	86.675277%	1.04
云	413	72.994919%	406	75.939759%	1.04
亂	281	64.331050%	250	66.914533%	1.04
窮	723	84.462600%	843	87.815579%	1.04
游	611	81.207621%	669	84.421444%	1.04
穀	536	78.519810%	558	81.506438%	1.04
雖	305	66.190041%	275	68.704002%	1.04
放	778	85.827438%	925	89.086980%	1.04
賦	522	77.973077%	539	80.932555%	1.04
蓋	556	79.278856%	580	82.144410%	1.04
涉	812	86.603803%	970	89.707753%	1.04
處	500	77.077597%	504	79.792091%	1.04
離	554	79.203849%	572	81.914987%	1.03
職	511	77.533498%	514	80.133468%	1.03
竟	741	84.923609%	840	87.765443%	1.03
鼎	570	79.797430%	591	82.454797%	1.03
棄	601	80.877688%	627	83.409646%	1.03
善	255	62.171406%	215	64.107099%	1.03
震	691	83.604997%	752	86.182033%	1.03
報	530	78.286813%	531	80.682039%	1.03
乙	555	79.241352%	559	81.535806%	1.03
怒	498	76.993743%	487	79.195980%	1.03
弱	773	85.708697%	864	88.159876%	1.03
散	791	86.129960%	886	88.507094%	1.03
毋	471	75.825145%	452	77.895536%	1.03
財	641	82.160666%	666	84.352812%	1.03
兮	361	70.000972%	325	71.868064%	1.03
進	333	68.171511%	293	69.916505%	1.03
恭	793	86.176061%	873	88.303793%	1.02
戚	745	85.023910%	799	87.056081%	1.02

高頻字種	漢書序號	漢書累積覆蓋率	十三經序號	十三經累積覆蓋率	差值
莫	311	66.628872%	268	68.216923%	1.02
土	407	72.673458%	373	74.387177%	1.02
動	514	77.655105%	495	79.479109%	1.02
率	666	82.904885%	688	84.849788%	1.02
井	868	87.776762%	977	89.800885%	1.02
呼	822	86.821973%	900	88.721428%	1.02
私	528	78.208815%	507	79.895283%	1.02
寵	769	85.612632%	821	87.443537%	1.02
迎	760	85.394712%	807	87.198699%	1.02
考	658	82.671888%	664	84.306408%	1.02
末	799	86.312869%	854	87.996976%	1.02
林	597	80.743995%	585	82.286542%	1.02
懷	620	81.499054%	607	82.888819%	1.02
心	218	58.673463%	171	59.670825%	1.02
逐	738	84.847854%	756	86.259265%	1.02
喜	585	80.333198%	563	81.653113%	1.02
牧	824	86.864834%	870	88.256091%	1.02
息	663	82.818041%	656	84.117872%	1.02
犯	703	83.931442%	704	85.200251%	1.02
卯	734	84.745934%	744	86.025785%	1.02
費	907	88.527958%	974	89.760971%	1.01
性	877	87.954686%	921	89.029867%	1.01
造	917	88.710992%	975	89.774276%	1.01
畜	737	84.822436%	734	85.825891%	1.01
或	322	67.413212%	267	68.146831%	1.01
夷	324	67.552512%	269	68.286692%	1.01
視	439	74.326614%	388	75.106112%	1.01
福	609	81.142332%	574	81.972586%	1.01
反	212	58.042378%	162	58.607754%	1.01
且	267	63.185378%	211	63.751282%	1.01
罰	728	84.592056%	707	85.264989%	1.01
況	865	87.716830%	876	88.351170%	1.01
禍	721	84.410144%	694	84.982185%	1.01
崇	775	85.756293%	760	86.336496%	1.01
遠	399	72.235125%	340	72.700251%	1.01

高頻字種	漢書序號	漢書累積覆蓋率	十三經序號	十三經累積覆蓋率	差值
愛	518	77.814839%	461	78.241618%	1.01
別	918	88.729183%	930	89.158208%	1.00
怨	568	79.724167%	513	80.099882%	1.00
黨	803	86.403202%	784	86.785121%	1.00
記	837	87.141191%	824	87.495132%	1.00
顧	878	87.974373%	871	88.271992%	1.00
典	820	86.778862%	798	87.038233%	1.00
堯	926	88.873965%	927	89.115536%	1.00
禁	593	80.609555%	535	80.807784%	1.00
須	956	89.401759%	961	89.586714%	1.00
舜	722	84.436434%	677	84.602679%	1.00
西	117	45.230418%	81	45.284978%	1.00
酉	709	84.092421%	659	84.188938%	1.00
火	508	77.410520%	440	77.416084%	1.00
豐	772	85.684774%	726	85.662829%	1.00
奪	953	89.350176%	936	89.242579%	1.00
登	684	83.412743%	620	83.230358%	1.00
專	805	86.448057%	754	86.220649%	1.00
聚	853	87.473492%	809	87.234070%	1.00
赤	785	85.991034%	730	85.744766%	1.00
要	858	87.575662%	814	87.322010%	1.00
老	425	73.618777%	353	73.381868%	1.00
襄	622	81.563097%	551	81.298108%	1.00
帛	861	87.636216%	813	87.304487%	1.00
比	482	76.310825%	407	75.985027%	1.00
備	519	77.854460%	442	77.497372%	1.00
首	373	70.730489%	300	70.368538%	0.99
詩	423	73.515985%	348	73.121942%	0.99
假	860	87.616031%	801	87.091776%	0.99
色	649	82.404253%	570	81.857225%	0.99
澤	569	79.760798%	485	79.124590%	0.99
淫	768	85.588585%	689	84.871854%	0.99
半	987	89.915972%	929	89.144092%	0.99
草	813	86.625982%	732	85.785329%	0.99
乘	320	67.272417%	246	66.611934%	0.99

高頻字種	漢書序號	漢書累積覆蓋率	十三經序號	十三經累積覆蓋率	差值
滅	411	72.888264%	328	72.039077%	0.99
敖	905	88.491078%	819	87.408977%	0.99
客	446	74.668634%	360	73.740281%	0.99
折	964	89.537570%	874	88.319693%	0.99
幾	810	86.559447%	712	85.371426%	0.99
靈	744	84.998866%	644	83.830688%	0.99
往	378	71.028401%	292	69.850956%	0.98
終	330	67.966673%	249	66.839572%	0.98
勿	630	81.817649%	523	80.427467%	0.98
覆	990	89.964066%	881	88.429213%	0.98
交	692	83.632408%	582	82.201523%	0.98
偃	922	88.801823%	810	87.251756%	0.98
興	296	65.516593%	218	64.365890%	0.98
歌	726	84.540473%	608	82.915428%	0.98
壹	843	87.266536%	720	85.538544%	0.98
戊	686	83.467815%	567	81.769934%	0.98
濟	580	80.158263%	467	78.466823%	0.98
紀	605	81.010384%	489	79.267046%	0.98
舊	856	87.534918%	725	85.642223%	0.98
情	925	88.856023%	787	86.839637%	0.98
輿	973	89.687709%	827	87.546242%	0.98
固	542	78.750190%	427	76.868161%	0.98
順	537	78.558310%	422	76.651556%	0.98
姜	994	90.027860%	836	87.698596%	0.97
加	462	75.420453%	354	73.433464%	0.97
遂	189	55.455864%	128	53.949683%	0.97
曾	608	81.109439%	478	78.872289%	0.97
容	662	82.789010%	525	80.491881%	0.97
思	444	74.571572%	335	72.427506%	0.97
辰	551	79.091088%	425	76.781843%	0.97
徐	889	88.188680%	723	85.600849%	0.97
問	246	61.382705%	170	59.555951%	0.97
負	897	88.341436%	728	85.703878%	0.97
女	249	61.649966%	172	59.785050%	0.97
向	600	80.844420%	465	78.392512%	0.97

高頻字種	漢書序號	漢書累積覆蓋率	十三經序號	十三經累積覆蓋率	差值
氏	149	50.287944%	98	48.718377%	0.97
雨	582	80.228412%	446	77.658163%	0.97
戰	396	72.066669%	290	69.719046%	0.97
戒	705	83.985268%	547	81.177393%	0.97
先	167	52.752478%	110	50.959554%	0.97
孤	972	89.671138%	775	86.619787%	0.97
臧	671	83.048047%	516	80.199666%	0.97
音	859	87.595846%	676	84.580126%	0.97
寅	786	86.014334%	613	83.047663%	0.97
肉	823	86.843404%	642	83.782174%	0.96
觀	523	78.012450%	391	75.248082%	0.96
美	634	81.943617%	480	78.945140%	0.96
畢	932	88.981617%	729	85.724322%	0.96
庭	892	88.246244%	693	84.960119%	0.96
甲	424	73.567443%	307	70.798990%	0.96
魯	398	72.179181%	286	69.452467%	0.96
施	660	82.730698%	497	79.549201%	0.96
目	971	89.654567%	753	86.201341%	0.96
保	704	83.958355%	529	80.619086%	0.96
圖	881	88.033058%	667	84.376014%	0.96
厲	792	86.153010%	594	82.537869%	0.96
卑	933	88.999559%	698	85.069800%	0.96
寇	909	88.564715%	679	84.647785%	0.96
患	777	85.803764%	573	81.943868%	0.96
政	301	65.892876%	202	62.920555%	0.95
室	340	68.643734%	232	65.525175%	0.95
冠	624	81.627016%	451	77.856596%	0.95
刑	436	74.176973%	306	70.737984%	0.95
癸	678	83.246032%	492	79.373321%	0.95
宿	819	86.757182%	600	82.701094%	0.95
外	224	59.283367%	145	56.438130%	0.95
午	699	83.823291%	502	79.722972%	0.95
壬	735	84.771476%	528	80.587447%	0.95
丑	797	86.267515%	575	82.001305%	0.95
豈	657	82.642483%	469	78.541134%	0.95

高頻字種	漢書序號	漢書累積覆蓋率	十三經序號	十三經累積覆蓋率	差值
寧	755	85.272108%	542	81.024876%	0.95
木	584	80.298311%	413	76.255338%	0.95
好	409	72.781235%	281	69.114822%	0.95
質	945	89.211623%	682	84.715444%	0.95
存	855	87.514484%	615	83.100070%	0.95
繼	761	85.419133%	544	81.086045%	0.95
禽	1006	90.215503%	722	85.580081%	0.95
征	891	88.227181%	638	83.684337%	0.95
昔	757	85.321199%	538	80.901565%	0.95
讓	706	84.012181%	500	79.653691%	0.95
妻	545	78.864446%	381	74.772524%	0.95
食	147	49.995016%	91	47.353357%	0.95
體	849	87.391009%	602	82.754962%	0.95
利	337	68.442634%	223	64.789203%	0.95
殷	628	81.754354%	437	77.292124%	0.95
憂	573	79.906951%	397	75.527317%	0.95
聲	565	79.613773%	390	75.200867%	0.94
貢	840	87.204113%	587	82.342843%	0.94
巳	798	86.290192%	557	81.476908%	0.94
聽	427	73.721072%	287	69.519639%	0.94
勞	681	83.329637%	466	78.429667%	0.94
獸	1007	90.230953%	691	84.915986%	0.94
尹	553	79.166345%	374	74.435852%	0.94
厥	527	78.169691%	352	73.330110%	0.94
逆	501	77.119461%	333	72.317500%	0.94
朝	214	58.254816%	132	54.563966%	0.94
鬼	1008	90.246279%	673	84.512305%	0.94
羊	736	84.797019%	493	79.408691%	0.94
難	481	76.267341%	316	71.343830%	0.94
賤	958	89.436023%	637	83.659837%	0.94
畏	838	87.162248%	555	81.417524%	0.93
樂	202	56.941312%	123	53.155300%	0.93
用	148	50.141667%	88	46.754812%	0.93
衣	422	73.464401%	272	68.495833%	0.93
尺	928	88.909849%	605	82.835276%	0.93

高頻字種	漢書序號	漢書累積覆蓋率	十三經序號	十三經累積覆蓋率	差值
族	746	85.048830%	486	79.160285%	0.93
舞	1005	90.200053%	648	83.926903%	0.93
養	612	81.240266%	398	75.573396%	0.93
求	359	69.876624%	224	64.871789%	0.93
申	490	76.655586%	313	71.163731%	0.93
慶	796	86.244714%	511	80.032223%	0.93
隱	957	89.418953%	609	82.942037%	0.93
咎	719	84.357564%	457	78.089102%	0.93
次	484	76.397670%	305	70.676815%	0.93
兄	468	75.691328%	291	69.785082%	0.92
舍	526	78.130443%	326	71.925176%	0.92
野	771	85.660727%	476	78.799113%	0.92
采	939	89.106090%	571	81.886106%	0.92
賓	707	84.038969%	429	76.954154%	0.92
序	848	87.370325%	510	79.998150%	0.92
虎	879	87.993935%	526	80.523844%	0.92
辛	690	83.577585%	418	76.476324%	0.92
門	230	59.878194%	133	54.714697%	0.91
遇	874	87.895627%	519	80.297828%	0.91
牛	625	81.658913%	377	74.580905%	0.91
同	289	64.968988%	168	59.322471%	0.91
忘	984	89.867503%	576	82.030023%	0.91
路	664	82.847072%	399	75.619475%	0.91
唯	529	78.247814%	317	71.403052%	0.91
儀	669	82.991106%	401	75.711634%	0.91
亦	174	53.641479%	99	48.910645%	0.91
衰	762	85.443429%	450	77.817169%	0.91
期	864	87.696770%	506	79.860886%	0.91
庶	461	75.374602%	274	68.634883%	0.91
懼	731	84.669182%	428	76.911158%	0.91
敗	397	72.123237%	231	65.444374%	0.91
戌	946	89.229067%	537	80.870413%	0.91
疾	448	74.764823%	259	67.576031%	0.90
男	636	82.005916%	367	74.092529%	0.90
待	642	82.191441%	368	74.142178%	0.90

高頻字種	漢書序號	漢書累積覆蓋率	十三經序號	十三經累積覆蓋率	差值
堂	710	84.119085%	400	75.665555%	0.90
亥	873	87.875941%	481	78.981159%	0.90
母	312	66.701637%	173	59.898950%	0.90
酒	426	73.669987%	238	65.997488%	0.90
郊	665	82.875978%	370	74.240502%	0.90
辟	610	81.174977%	339	72.646221%	0.89
物	374	70.790545%	204	63.109254%	0.89
丘	567	79.687410%	309	70.921003%	0.89
由	579	80.123002%	315	71.284121%	0.89
敬	390	71.724027%	210	63.660746%	0.89
哉	474	75.958090%	252	67.063966%	0.88
友	998	90.090906%	491	79.337950%	0.88
予	604	80.977241%	312	71.103211%	0.88
薦	831	87.014102%	412	76.210557%	0.88
稷	832	87.035283%	408	76.030133%	0.87
仁	486	76.484140%	247	66.688030%	0.87
凶	975	89.720603%	458	78.127393%	0.87
請	278	64.088584%	140	55.733473%	0.87
庚	943	89.176612%	443	77.537610%	0.87
虞	740	84.898441%	361	73.791228%	0.87
桓	639	82.098990%	314	71.223926%	0.87
姬	811	86.581625%	386	75.011195%	0.87
稽	929	88.927791%	430	76.996989%	0.87
陳	205	57.276105%	102	49.484690%	0.86
猶	441	74.425171%	217	64.280870%	0.86
致	451	74.907736%	221	64.620462%	0.86
惡	402	72.400964%	197	62.434450%	0.86
降	308	66.410079%	151	57.236893%	0.86
己	586	80.368085%	283	69.250464%	0.86
救	715	84.252155%	336	72.482347%	0.86
社	828	86.950308%	379	74.676795%	0.86
載	794	86.198987%	362	73.841850%	0.86
送	780	85.874411%	355	73.484898%	0.86
既	285	64.651763%	137	55.300100%	0.86
器	739	84.873148%	337	72.537026%	0.85

高頻字種	漢書序號	漢書累積覆蓋率	十三經序號	十三經累積覆蓋率	差值
授	756	85.296654%	343	72.859095%	0.85
衛	327	67.760589%	155	57.747498%	0.85
孔	435	74.126636%	203	63.015148%	0.85
華	830	86.992920%	363	73.892311%	0.85
玉	816	86.692018%	357	73.587278%	0.85
徒	492	76.740686%	227	65.118086%	0.85
止	497	76.951753%	226	65.036312%	0.85
宰	952	89.332981%	393	75.342188%	0.84
歸	216	58.465635%	101	49.293558%	0.84
鼓	851	87.432375%	359	73.689334%	0.84
吉	489	76.612849%	220	64.535604%	0.84
獲	633	81.912343%	271	68.426228%	0.84
對	453	75.001557%	190	61.734174%	0.82
惟	560	79.428248%	230	65.363248%	0.82
敢	334	68.239665%	142	56.019035%	0.82
秋	237	60.551268%	103	49.673875%	0.82
戎	883	88.072182%	331	72.206844%	0.82
侵	790	86.106909%	299	70.305909%	0.82
許	450	74.860140%	184	61.110156%	0.82
受	222	59.082142%	95	48.136057%	0.81
圍	765	85.516194%	284	69.317961%	0.81
爵	319	67.201895%	130	54.261043%	0.81
退	752	85.198097%	276	68.772796%	0.81
仲	513	77.614611%	199	62.630126%	0.81
春	232	60.073438%	96	48.330597%	0.80
適	890	88.207993%	308	70.859997%	0.80
象	487	76.527251%	187	61.423787%	0.80
狄	965	89.554390%	324	71.810627%	0.80
祀	627	81.722582%	225	64.954050%	0.79
實	577	80.051857%	209	63.570047%	0.79
祝	954	89.367370%	302	70.492822%	0.79
設	884	88.091743%	285	69.385295%	0.79
取	335	68.307695%	126	53.635077%	0.79
曹	599	80.811028%	207	63.387514%	0.78
服	317	67.060602%	116	51.995528%	0.78

高頻字種	漢書序號	漢書累積覆蓋率	十三經序號	十三經累積覆蓋率	差值
告	382	71.262394%	135	55.009021%	0.77
內	700	83.850329%	216	64.194715%	0.77
吾	271	63.516184%	97	48.524811%	0.76
志	808	86.515090%	239	66.074720%	0.76
再	931	88.963675%	262	67.791501%	0.76
小	264	62.934938%	94	47.941194%	0.76
寡	783	85.944435%	229	65.281636%	0.76
必	258	62.427827%	90	47.155898%	0.76
獻	652	82.494088%	192	61.936339%	0.75
蔡	867	87.756826%	236	65.842052%	0.75
射	613	81.272786%	176	60.237731%	0.74
凡	429	73.822868%	131	54.412748%	0.74
季	661	82.759978%	181	60.793117%	0.73
孟	720	84.383854%	191	61.836068%	0.73
會	259	62.512678%	83	45.717702%	0.73
來	263	62.851208%	84	45.928142%	0.73
衛	763	85.467726%	193	62.036448%	0.73
辭	531	78.325687%	141	55.876741%	0.71
若	302	65.967261%	87	46.551836%	0.71
葬	693	83.659820%	152	57.365883%	0.69
婦	787	86.037509%	161	58.487039%	0.68
冬	488	76.570112%	114	51.656585%	0.67
弗	743	84.973822%	148	56.841649%	0.67
喪	766	85.540366%	124	53.316254%	0.62
執	493	76.783173%	92	47.550655%	0.62
叔	617	81.402242%	106	50.236887%	0.62
面	896	88.322498%	121	52.833069%	0.60
祭	696	83.741680%	85	46.138420%	0.55

　　《漢書》高頻區段的字種，自然是頻率很高的重要字種。差值大於 1 的字種，都是變得比先秦時期更為重要的字種。這類字種有 358 個，占這個區段相同字種的 56.83%。

　　差值等於 1，說明這些字種地位與原先相等。這類字種有 25 個，占 3.97%。

　　而差值小於 1 的，則是出現頻率變低，地位也就降低了。《漢書》高頻區段

的這類字種有 247 個，占《漢書》高頻區段與十三經同區段相同字種總數的 39.21%。

嘗試觀察差值大於 1.7 的 16 個字種：「數嗣萬吏后平皇都薨餘詔令光高擊孝」。跟「帝」的使用一樣，《漢書》中的「皇」頻率遠比十三經的高。讀過《表》的就會留下這麼個印象：繼位都稱「嗣」，帝王公侯等去世都稱「薨」。其餘那些高頻字種，也能反映《漢書》所記述的年代的語言和文化的特點。

接下來對比《漢書》與十三經不同的高頻字種。十三經的如下字種，並不在十三經的高頻區段，我們調用十三經這些字種的相應資料，以便對比。《漢書》的這類字種共計 306 個，占高頻區段的 32.35%：

《漢書》與十三經高頻區段相異 306 個字種對比表（按差值排序）

高頻字種	漢書序號	漢書累積覆蓋率	十三經序號	十三經累積覆率	差　值
莽	76	37.039769%	2381	97.51902%	2.63
尉	83	38.592375%	2060	96.72463%	2.51
世	108	43.586606%	2497	97.75185%	2.24
郡	116	45.052119%	4876	99.64759%	2.21
丞	142	49.253538%	4803	99.62390%	2.02
奴	143	49.403304%	3893	99.26127%	2.01
騎	184	54.862283%	5548	99.79783%	1.82
遣	236	60.456699%	1619	95.00201%	1.57
奏	221	58.980471%	990	89.97011%	1.53
篇	294	65.362466%	3759	99.17804%	1.52
更	260	62.597528%	1145	91.70215%	1.46
破	331	68.035077%	2828	98.29425%	1.44
議	297	65.592971%	1501	94.36161%	1.44
幸	283	64.492279%	1252	92.65359%	1.44
郎	292	65.205349%	1347	93.37025%	1.43
關	272	63.598543%	1054	90.74275%	1.43
昌	309	66.483093%	1580	94.80228%	1.43
博	279	64.169572%	1102	91.26569%	1.42
置	273	63.680777%	1018	90.31928%	1.42
延	298	65.668726%	1312	93.12055%	1.42
說	300	65.818492%	1272	92.81373%	1.41
徙	339	68.576825%	1970	96.44410%	1.41

高頻字種	漢書序號	漢書累積覆蓋率	十三經序號	十三經累積覆率	差 值
呂	367	70.368035%	3024	98.54607%	1.40
邪	304	66.115905%	1223	92.41329%	1.40
計	371	70.609879%	1920	96.27293%	1.36
錢	416	73.153157%	4731	99.60054%	1.36
項	400	72.290820%	2437	97.63503%	1.35
廷	384	71.378644%	1839	95.97552%	1.34
淮	352	69.433307%	1237	92.53060%	1.33
虜	442	74.474137%	3655	99.11054%	1.33
祠	380	71.145771%	1551	94.64684%	1.33
傅	343	68.843713%	1095	91.19235%	1.32
罷	364	70.185251%	1193	92.15207%	1.31
朕	347	69.109105%	1042	90.60500%	1.31
侍	351	69.368765%	1022	90.36795%	1.30
沛	458	75.235551%	2383	97.52323%	1.30
教	475	76.002322%	2857	98.33384%	1.29
恐	358	69.813951%	987	89.93166%	1.29
鳳	470	75.780664%	2251	97.22924%	1.28
留	431	73.924290%	1499	94.34992%	1.28
烏	452	74.954709%	1562	94.70671%	1.26
邊	467	75.646473%	1721	95.48568%	1.26
雲	420	73.361110%	1215	92.34482%	1.26
塞	430	73.873579%	1256	92.68604%	1.25
輔	406	72.619383%	1056	90.76547%	1.25
持	477	76.090787%	1595	94.88016%	1.25
捕	591	80.540902%	6566	99.96301%	1.24
李	505	77.286422%	1812	95.86989%	1.24
護	590	80.506513%	5949	99.86290%	1.24
俱	548	78.978078%	2594	97.92886%	1.24
青	592	80.575290%	4265	99.44234%	1.23
并	603	80.944098%	4872	99.64629%	1.23
日	72	36.105290%	77	44.39844%	1.23
論	506	77.327788%	1632	95.06643%	1.23
亭	621	81.531076%	6030	99.87604%	1.23
校	491	76.698198%	1412	93.80833%	1.22
盜	466	75.601493%	1221	92.39642%	1.22

高頻字種	漢書序號	漢書累積覆蓋率	十三經序號	十三經累積覆率	差 值
恩	544	78.826444%	1932	96.31462%	1.22
頃	515	77.695225%	1555	94.66891%	1.22
卷	476	76.046555%	1241	92.56370%	1.22
顯	433	74.025463%	983	89.87990%	1.21
伏	473	75.913858%	1179	92.02503%	1.21
禹	443	74.522855%	1001	90.10900%	1.21
修	534	78.442310%	1572	94.76026%	1.21
引	478	76.135019%	1170	91.94147%	1.21
略	543	78.788317%	1543	94.60271%	1.20
姦	509	77.451638%	1295	92.99253%	1.20
並	463	75.466056%	1034	90.51138%	1.20
俗	549	79.015831%	1556	94.67443%	1.20
謝	575	79.979716%	1759	95.65021%	1.20
嚴	550	79.053460%	1508	94.40249%	1.19
策	535	78.481060%	1395	93.69605%	1.19
赦	503	77.202941%	1156	91.80891%	1.19
業	483	76.354310%	1041	90.59348%	1.19
弘	547	78.940201%	1384	93.62288%	1.19
便	651	82.464185%	2506	97.76937%	1.19
統	655	82.583424%	2481	97.72069%	1.18
籍	594	80.643320%	1704	95.40845%	1.18
農	485	76.440905%	1013	90.25795%	1.18
部	697	83.768967%	3206	98.74223%	1.18
被	557	79.316360%	1336	93.29334%	1.18
入	75	36.807021%	72	43.24418%	1.17
賀	598	80.777512%	1591	94.85939%	1.17
給	631	81.849297%	1876	96.11424%	1.17
泰	533	78.403436%	1181	92.04352%	1.17
解	504	77.244682%	1038	90.55844%	1.17
連	589	80.472124%	1493	94.31488%	1.17
化	512	77.574117%	1061	90.82226%	1.17
勢	714	84.225616%	3075	98.60399%	1.17
豪	732	84.694849%	3707	99.14429%	1.17
羌	751	85.173302%	4774	99.61449%	1.17
寬	632	81.880820%	1782	95.74723%	1.17

高頻字種	漢書序號	漢書累積覆蓋率	十三經序號	十三經累積覆率	差 值
絲	667	82.933667%	2147	96.96687%	1.17
董	668	82.962449%	2136	96.93735%	1.17
衡	499	77.035732%	993	90.00808%	1.17
印	676	83.189839%	2236	97.19273%	1.17
符	750	85.148507%	3917	99.27295%	1.17
謁	640	82.129890%	1770	95.69661%	1.17
輒	645	82.283145%	1803	95.83339%	1.16
霍	688	83.522763%	2231	97.18056%	1.16
開	643	82.222092%	1719	95.47660%	1.16
甘	558	79.353739%	1168	91.92265%	1.16
勃	733	84.720391%	2619	97.97202%	1.16
收	540	78.673563%	1066	90.87872%	1.16
渠	626	81.690809%	1498	94.34408%	1.15
誼	806	86.470484%	5410	99.77544%	1.15
屯	702	83.904404%	1983	96.48661%	1.15
權	578	80.087492%	1165	91.89441%	1.15
充	588	80.437486%	1209	92.29323%	1.15
殿	685	83.440279%	1755	95.63333%	1.15
霸	629	81.786002%	1379	93.58961%	1.14
空	618	81.434513%	1303	93.05354%	1.14
粵	846	87.328959%	5150	99.73326%	1.14
歆	789	86.083859%	2749	98.17889%	1.14
級	836	87.120010%	4072	99.34840%	1.14
愚	698	83.796129%	1716	95.46297%	1.14
頗	767	85.564538%	2242	97.20733%	1.14
丹	646	82.313546%	1364	93.48788%	1.14
字	648	82.374101%	1367	93.50833%	1.14
急	602	80.910955%	1160	91.84720%	1.14
出	77	37.270274%	68	42.28868%	1.13
邯	788	86.060684%	2424	97.60971%	1.13
杜	670	83.019639%	1462	94.12650%	1.13
曆	834	87.077647%	3113	98.64715%	1.13
頭	815	86.670089%	2735	98.15845%	1.13
儒	679	83.274067%	1488	94.28519%	1.13
虜	900	88.398003%	5137	99.73115%	1.13

高頻字種	漢書序號	漢書累積覆蓋率	十三經序號	十三經累積覆率	差 值
襃	863	87.676585%	3338	98.86830%	1.13
術	694	83.687106%	1500	94.35577%	1.13
支	795	86.221913%	2206	97.11972%	1.13
谷	635	81.974767%	1213	92.32762%	1.13
鴻	716	84.278570%	1600	94.90612%	1.13
精	753	85.222892%	1810	95.86178%	1.12
園	809	86.537268%	2261	97.25357%	1.12
歷	784	85.967734%	2000	96.54178%	1.12
桀	717	84.304984%	1534	94.55176%	1.12
竊	677	83.217998%	1333	93.27193%	1.12
謚	882	88.052620%	3126	98.66191%	1.12
兒	870	87.816508%	2861	98.33903%	1.12
詣	934	89.017376%	4925	99.66349%	1.12
最	894	88.284371%	3235	98.77046%	1.12
指	682	83.357422%	1322	93.19340%	1.12
它	857	87.555352%	2553	97.85569%	1.12
時	913	88.637978%	3584	99.06446%	1.12
滿	872	87.856130%	2711	98.12129%	1.12
律	672	83.076455%	1247	92.61302%	1.11
狀	921	88.783757%	3451	98.95997%	1.11
蜀	827	86.929002%	2099	96.83529%	1.11
篡	911	88.601346%	2966	98.47532%	1.11
貴	727	84.566265%	1437	93.96944%	1.11
彭	623	81.595119%	1046	90.65108%	1.11
斤	875	87.915314%	2438	97.63697%	1.11
增	850	87.411692%	2185	97.06552%	1.11
屠	914	88.656294%	2918	98.41302%	1.11
茂	817	86.713823%	1903	96.21224%	1.11
候	852	87.452933%	2169	97.02399%	1.11
扶	821	86.800418%	1899	96.19797%	1.11
尤	759	85.370291%	1544	94.60823%	1.11
虛	619	81.466784%	1014	90.27028%	1.11
馳	754	85.247562%	1507	94.39665%	1.11
奇	782	85.921135%	1638	95.09563%	1.11
鐵	904	88.472513%	2546	97.84319%	1.11

高頻字種	漢書序號	漢書累積覆蓋率	十三經序號	十三經累積覆率	差 值
選	779	85.850987%	1592	94.86459%	1.10
榮	1003	90.169153%	4805	99.62455%	1.10
樓	938	89.088397%	2908	98.40004%	1.10
琅	988	89.932045%	4019	99.32260%	1.10
產	776	85.780091%	1565	94.72278%	1.10
廉	749	85.123588%	1440	93.98843%	1.10
擅	977	89.753497%	3474	98.97863%	1.10
詐	825	86.886265%	1797	95.80905%	1.10
蒙	653	82.523867%	1070	90.92302%	1.10
避	966	89.571211%	3080	98.60967%	1.10
陶	695	83.714393%	1190	92.12530%	1.10
綏	927	88.891907%	2532	97.81821%	1.10
推	748	85.098669%	1382	93.60957%	1.10
兆	673	83.104864%	1104	91.28646%	1.10
欽	885	88.111181%	2068	96.74800%	1.10
約	674	83.133272%	1096	91.20290%	1.10
減	974	89.704156%	2903	98.39355%	1.10
膠	854	87.494050%	1833	95.95216%	1.10
旦	687	83.495351%	1123	91.48262%	1.10
述	845	87.308151%	1756	95.63755%	1.10
錯	675	83.161555%	1083	91.06466%	1.10
釐	936	89.053011%	2372	97.50003%	1.09
省	689	83.550174%	1121	91.46218%	1.09
案	983	89.851306%	2871	98.35201%	1.09
雒	940	89.123782%	2277	97.29057%	1.09
轉	915	88.674609%	2058	96.71879%	1.09
刺	724	84.488640%	1188	92.10712%	1.09
效	818	86.735502%	1532	94.54041%	1.09
肯	833	87.056465%	1587	94.83862%	1.09
隆	901	88.416693%	1891	96.16941%	1.09
宛	764	85.492022%	1292	92.96965%	1.09
距	967	89.587907%	2333	97.41777%	1.09
勳	839	87.183305%	1558	94.68530%	1.09
域	895	88.303434%	1813	95.87395%	1.09
悉	937	89.070704%	1986	96.49635%	1.08

高頻字種	漢書序號	漢書累積覆蓋率	十三經序號	十三經累積覆率	差 值
馮	711	84.145749%	1092	91.16071%	1.08
雄	961	89.486859%	2134	96.93183%	1.08
旁	844	87.287344%	1527	94.51201%	1.08
驚	970	89.637995%	2162	97.00582%	1.08
貧	781	85.897835%	1276	92.84521%	1.08
苦	758	85.345745%	1197	92.18776%	1.08
領	862	87.656401%	1545	94.61374%	1.08
理	729	84.617848%	1108	91.32799%	1.08
根	985	89.883701%	2121	96.89597%	1.08
飢	982	89.835108%	2043	96.67498%	1.08
阿	944	89.194180%	1840	95.97941%	1.08
縱	866	87.736891%	1496	94.33240%	1.08
雜	886	88.130618%	1536	94.56312%	1.07
翟	1001	90.138004%	2041	96.66914%	1.07
骨	829	86.971614%	1319	93.17166%	1.07
慎	1002	90.153579%	2002	96.54827%	1.07
稍	950	89.298468%	1738	95.56032%	1.07
顧	995	90.043684%	1939	96.33848%	1.07
溫	941	89.141475%	1679	95.29228%	1.07
繫	920	88.765565%	1590	94.85420%	1.07
倉	902	88.435383%	1467	94.15733%	1.06
營	903	88.453948%	1443	94.00741%	1.06
附	826	86.907696%	1204	92.24942%	1.06
全	997	90.075207%	1749	95.60802%	1.06
橫	835	87.098828%	1226	92.43860%	1.06
條	959	89.452968%	1599	94.90093%	1.06
秩	841	87.224920%	1228	92.45548%	1.06
蕭	770	85.636679%	1047	90.66260%	1.06
買	955	89.384564%	1541	94.59152%	1.06
鹽	910	88.583030%	1381	93.60292%	1.06
及	74	36.573900%	54	38.59033%	1.06
種	919	88.747374%	1357	93.44002%	1.05
楊	912	88.619662%	1335	93.28620%	1.05
壞	888	88.169368%	1267	92.77398%	1.05
唐	802	86.380774%	1067	90.88992%	1.05

高頻字種	漢書序號	漢書累積覆蓋率	十三經序號	十三經累積覆率	差 值
沙	923	88.819890%	1343	93.34234%	1.05
辜	968	89.604603%	1465	94.14500%	1.05
謹	842	87.245728%	1138	91.63319%	1.05
惑	942	89.159043%	1368	93.51514%	1.05
躬	801	86.358222%	1036	90.53507%	1.05
毀	930	88.945733%	1327	93.22909%	1.05
監	893	88.265307%	1234	92.50578%	1.05
寒	804	86.425629%	1037	90.54675%	1.05
務	800	86.335545%	1016	90.29494%	1.05
在	85	39.018622%	62	40.77456%	1.05
表	999	90.106605%	1459	94.10801%	1.04
壯	935	89.035194%	1291	92.96203%	1.04
占	869	87.796697%	1132	91.57332%	1.04
移	963	89.520749%	1344	93.34932%	1.04
匡	992	89.995963%	1406	93.76923%	1.04
背	807	86.492787%	1000	90.09651%	1.04
習	814	86.648035%	1012	90.24562%	1.04
陸	996	90.059508%	1410	93.79535%	1.04
露	981	89.818786%	1372	93.54240%	1.04
驕	906	88.509518%	1184	92.07078%	1.04
困	887	88.150055%	1119	91.44173%	1.04
幽	899	88.379189%	1141	91.66288%	1.04
形	947	89.246511%	1232	92.48923%	1.04
頓	978	89.769819%	1298	93.01541%	1.04
狩	951	89.315787%	1238	92.53888%	1.04
蠻	908	88.546399%	1143	91.68268%	1.04
闕	871	87.836319%	1044	90.62804%	1.03
榮	949	89.281149%	1185	92.07987%	1.03
悼	880	88.013496%	1028	90.43999%	1.03
郭	876	87.935000%	1011	90.23328%	1.03
步	969	89.621299%	1162	91.86618%	1.03
池	962	89.503804%	1149	91.74109%	1.02
旱	948	89.263830%	1112	91.36953%	1.02
結	898	88.360375%	1003	90.13399%	1.02
接	979	89.786141%	1125	91.50290%	1.02

高頻字種	漢書序號	漢書累積覆蓋率	十三經序號	十三經累積覆率	差 值
匹	993	90.011911%	1148	91.73135%	1.02
戴	1009	90.261604%	1172	91.96029%	1.02
勸	980	89.802464%	1059	90.79954%	1.01
果	991	89.980015%	1030	90.46401%	1.01
彌	986	89.899899%	1019	90.33145%	1.00
臺	989	89.948118%	988	89.94448%	1.00
斷	1000	90.122305%	979	89.82733%	1.00
諸	71	35.869427%	41	34.57575%	0.96
孫	118	45.408218%	74	43.71163%	0.96
可	78	37.494300%	38	33.56135%	0.90
正	150	50.433225%	78	44.62348%	0.88
士	134	48.021894%	64	41.28386%	0.86
父	181	54.502321%	79	44.84706%	0.82
卒	210	57.827323%	76	44.17112%	0.76
主	164	52.361741%	57	39.43339%	0.75
楚	162	52.097221%	53	38.30168%	0.74
無	69	35.394836%	19	25.40482%	0.72
謂	200	56.716539%	60	40.25470%	0.71
夏	257	62.342727%	70	42.77057%	0.69
矣	154	51.005001%	37	33.21965%	0.65
如	111	44.146422%	25	28.54324%	0.65
則	81	38.161020%	17	24.26468%	0.64
爲	163	52.230041%	35	32.50558%	0.62
焉	235	60.361506%	50	37.42991%	0.62
拜	449	74.812543%	73	43.47912%	0.58
命	280	64.250311%	49	37.13429%	0.58
君	95	41.085566%	16	23.64163%	0.58
齊	151	50.576885%	26	28.99625%	0.57
師	173	53.516632%	30	30.60237%	0.57
何	135	48.176893%	23	27.54816%	0.57
乎	261	62.682379%	43	35.23643%	0.56
伯	360	69.938922%	51	37.72358%	0.54
禮	346	69.042944%	46	36.19469%	0.52
宋	638	82.068090%	71	43.00778%	0.52
于	94	40.885338%	13	21.38715%	0.52

高頻字種	漢書序號	漢書累積覆蓋率	十三經序號	十三經累積覆率	差 值
我	303	66.041645%	40	34.23956%	0.52
伐	563	79.539638%	63	41.02929%	0.52
鄭	524	78.051822%	55	38.87719%	0.50
晉	520	77.894082%	27	29.42005%	0.38

　　《漢書》高頻區段的這些字種，是十三經高頻區段所沒有的。調用十三經中的相應字種後發現，它們在十三經中，分佈的非高頻區段，除了中頻、低頻等區段，也分佈在十三經的超高頻區段，比如表後部的「諸孫可正士父卒主楚無謂夏矣如則爲焉拜命君齊師何乎伯禮宋于我伐鄭晉」這 32 個字種。

　　表中差值大於 1 的字種，都是變得比先秦時期更爲重要的字種。這類字種有 271 個，占大部分比例，達 88.56%。

　　差值等於 1，說明這些字種地位與原先相等。這類字種很少，僅 3 個，占 0.98%。

　　而差值小於 1 的，則是出現頻率變低，地位也就降低了。但是《漢書》高頻區段的這類字種很少，也只有 32 個，占《漢書》高頻區段不同於十三經同區段字種總數的 10.46%。

　　作一個小結：《漢書》高頻區段中差值大於 1 的字種計 629 個占 67.20%；差值等於 1 的 28 個字種，占 2.99%；差值小於 1 的字種 279 個，占 29.81%。也就是說，由《漢書》所代表的時期，在高頻區段字種中，大約有三分之二的字種的頻率變高，地位變得重要；大約有三分之一的字種，頻率變低；而只有極少部分的字種，維持與十三經所代表的時代的地位，使用頻率沒有變化。

三、中頻區段

　　絕對字頻在 122 至 32 次，共 799 個字種：

鹿畔桑丈閏辱勇攝盉酌補佐兼泣遭孰晦豫忍鉅慮招振縮鳥粟忌
伊舅巫損幼央納驗循彼差奢每飛怪貳集工拔諭覺掌祥帥汝掖刻
特強煩釋贊念璽斗皋臚端魚堅肅翼衍船敵灌蘭劍饒薛票冢郅鑄
盧蘇恨雅垂密渭耆削晏斯豨隸殊紹遵匿到克蒼笑式罔婢貨蝕陷
翊蚡胥妖卜迹據獵妄累畫貪感苟穎寢乏寸戲切姑愈句穆調界秉
姊隴鮮爾智樹奮館逮惲逢短黑擇荆手干没厭孺員亞奔庸范租配

示託噲蒲介刀襲鬮寤烈依竇龜耕禪忽冒黎傾讒雷猛巧勤弩塡恢
駕黯輸盈屋隄役隕遼狂覽繆絳屈浮夕育卬委誰抵帶壁荒說廬苑
樊賴閔鐘贖違賂脫築慕幣迫革譚弓貌斂穿宅資閭涕憲飾儉湖宦
達牙趨藥靖賣藩血試剛銅漸識憐狗豹畜殘闕爰雞堪貶頌苛栗敦
墨竭羅悲騫熊溢閉擢巴鳴恥巡旗糧庫矢乞杜綏柏戮險辯珠貫緩
骸臥囚紛犛旅駟毛顏侈副痛冤恣享孛什防但醫倢譽齒敝篤劫量
伍泗燒踰尋敕殆韋蟲戍稅回夢脩弒徼誦妃簡寄閡算貞捐訟婁詛
宇卻訾酈毒鍾蔽番悔饗冀管佗斥肥仇搖紂孽緣塗細赫波哭賁萌
簿席諱泄區討汙皮邸仔僭談垣麗汾熒別倫仰笞洪萊銖佞昧優按
皋尾宏晨誣僞署蠡徑閩柳虐俠索審箕淵狼完黜均銷懿英尸境督
奈黥藝歎俊錄紅瑞朋嫁牢程勒竹碭隊渡鉤碑狐詳駿撫軌逃落抑
橋甄弋趣童挾墮憝沐雪欺淳夙譏總煌曼倍鄧叛戾講運洛貸履曉
犬棘逸醉霜遊淺蚤割鄒昏蛇祁湛畫旬冥睦聰譯煬矯漏鄲聘睢綱
氐禾鬱脅沈卦阻甯乾募壇遮鼠葉紫藉讎珍創繡荼詘謗仕操枚蕃
髮讀劇燭早愁擾機蠱尼缺謙帷他溝壍鰥暑繩嶽僊偏班薪彗幕罵
織沮墓技詭束驪歐忿譖牟零鄰憚渾勉縛漕涿盟閒函市郢屛倡阫
錫基疆格龔藏炎際品棺究投洽腹嫚佩暨亢綮繒默銀欣希穰倚牽
導柰曠猾囿純恬燔艾抱巷誤郁祕拘儋銳汲暮側柔踐似刃眇濞攘
牲訴虧提羞齋邳杖誘兢股余莊析觸鞮注輯酷徧鄙弔仍鹵釣嗟津
叩輦浦黿昊桃弦訖僚飭恆衝苗匱供憨蝗鄠圉快驅潤犇麟浸雉疊
饑宴贍騷殃裂岑巢蕩徇遲圜芒奚漁冰協科肖駒甫匜諛斛縢芮允
牡櫟訓涇乖憤滋溉胸斧課鴈頊墳陂稟巍邛亨輪屮騁璧晦犧桂慈
係戟敏擁靜驢消婚枯茅飲餓殖燿揖維甌弄轅搜環畝蠆羲激排牴
巒掩軫莎升罕詩揭廿墜枉笁蓬閣奧矜

　　到中頻區段的最末一個字種，累積覆蓋率只達 96.843578%，也就是說，由
高頻區段到中頻區段，雖然增加了 799 個字種，但是累積覆蓋率也只增加了
6.58%。

　　中頻區段 799 個字種的分佈量統計如下，63.08%的字種仍分佈在四類典籍
中：

分　佈　量	字　種　數	占　總　量　百　分　比
1.00	504	63.08%
0.75	245	30.66%
0.50	45	5.63%
0.25	5	0.63%

拿中頻區段的 799 個字種與十三經同形字種進行對比，可以找出《漢書》中頻區段與十三經中頻區段相同的字種 345 個，不同的字種 410 個。而《漢書》與十三經的這 410 個不同字種，又可以與十三經的同形字種相應指標進行對比。受篇幅限制，下面僅以簡表的形式進行對比：

《漢書》與十三經相同的 345 個中頻字種分佈統計表

差　值	字種數量	比　例	舉例（字種右邊數值為該字種的差值）
大於 1	127	36.81%	差 1.04　刀 1.04　傾 1.04　亞 1.04　煩 1.04　斗 1.04　衍 1.04　妄 1.04　蒼 1.05　據 1.05　贊 1.05　陷 1.05　遵 1.05　補 1.05　覺 1.05　閏 1.05　拔 1.06　蘭 1.06　灌 1.06　遭 1.06　畔 1.07
等於 1	40	11.59%	麟配熊缺墮殆墨注閉強拘貪笑鬩烈醫僞牙洛珍仍肥刃嶽雪運紂妃兢宇豫沮狼柏曼隕枚落昏渾（全部 40 個字種）
小於 1	178	51.59%	歃 0.93　蕩 0.93　巢 0.93　饑 0.94　訓 0.94　冰 0.94　驅 0.94　雉 0.94　圍 0.95　仕 0.95　撫 0.95　墓 0.95　慈 0.95　甫 0.95　茅 0.95　遲 0.95　葉 0.95　鄰 0.95　佩 0.95

《漢書》與十三經相異的 410 個中頻字種分佈統計表

差　值	字種數量	比　例	舉例（字種右邊數值為該字種的差值）
大於 1	244	59.51%	黯 1.07　抵 1.07　禪 1.08　租 1.08　遼 1.08　央 1.08　到 1.08　婢 1.08　蚡 1.08　隴 1.08　怪 1.08　饒 1.09　璽 1.09　盎 1.09　披 1.09　劍 1.09　恨 1.09　臚 1.09　綰 1.10　酎 1.10　鉅 1.10
等於 1	9	2.2%	婚芮匭攘殃倚飭潤肖（全部 9 個字種）
小於 1	157	38.29%	盟 0.55　升 0.61　爾 0.62　帥 0.66　奔 0.67　尸 0.67　掌 0.69　飲 0.71　哭 0.72　克 0.72　彼 0.75　席 0.76　聘 0.77　弓 0.77　揖 0.77　介 0.77　維 0.77　斯 0.78　幣 0.80　脩 0.81

綜合上邊的兩個表，《漢書》中頻區段的 799 個字種中，可以與十三經作對

比的有 755 個。就這 755 個字種的統計來看：

《漢書》中頻區段與十三經同形的 755 個字種分佈統計表

差　值	漢書與十三經形同字種數量	比　例
大於 1	371	49.14%
等於 1	50	6.62%
小於 1	334	44.24%

　　差值大於 1 與差值小於 1 的字種數量比較接近，前者的比例稍高。亦即到
《漢書》所代表的時代，中頻區段有近一半的字種，使用頻率變高，地位上昇，
不過，這類字種的頻率變化，幅度並不太大。由十三經所代表的時代，發展到
《漢書》所代表的時代，中頻區段有 44.24% 的字種，使用頻率變低，地位下降，
這類字種的變化較前述頻率變高字種的變化幅度要大。這些變化，都可以從上
表舉例的字種右方的差值看出。

四、低頻區段

　　絕對字頻在 31 至 14 次，共 613 個字種：

刺遁疫晚譴舟郵邾掘駭堷騰窺饉濁虢械電米嗇囂枝規歙贛壺仄
瀆豎冊祥裔寺甌卓禾臻超柄雁絜琴翁赴貝迭陋掠榆浸僮涓瓦霧
拊恤剖祚椒祇滇汗悍付豕柯眉旋妒悖谿準潰稗億菀葛驪穴蒯盾
竦麇蜺瑕懲莒膏澹捷涔溺匠銜籌緒街味誹幄償忿冶駙詹舌普階
夾迷笣包續弊惶橐疇濮嚮遜媚棗肱裁讙惜桐繕答突槐嬴沃俞鮑
輦嫉羈筆洗範肆囊祈藪戈絮媼障諾閼臾枕羨稼匪褌拾竈淄耗圭
氂鞅淑巖祐絲嫣卅底抗鸞焚泥台踵壞阬崔譬徹娣頸牆鋒膚閻梧
錦活警雹旄麥洋乳青劂松祗娛顚浚氾陬浩姚揆檻貉祖旌姜摧閱
握瀕歇雕儲謾蜇魁隔帳魂鶉柞梟軒穢犀飯轂岐伉暇酤柴翠翔鬲
隃鬻酆匡陘殄朽詰巨聊謬埋倦邦否援犢祉漆績椎謠蟊僑探鑿弛
頡眾岱禹爪禱誓宣餐湘編組鱗搏雙怯廁禦舂鉗曇藍腐痾吞剽札
強兗涌醜麻諧速奄纍驂恃逝測鍼佚橈髣晻梅辦蹇逋阜扞幹溼眚
樊陂橐融炕愬屢軹錮稻漳披开翟吐耐婆偉橄瑟蹈訊沸仆限羸煇
睹蘄梓逡鵲碎漂般靜臂鉏練餽乍緱旃隅剄曷坤賁簪雌娶跪清汧

廄段闌輜嬴借歡闔契喟吹鄂瓠慢妨牀毅杓某奸昂款犍耿膳縣阪
忤斿鎮閣孳點潛媿裝豆樞雩遐几泠讐兜椁陟縮熙軻侮郯赭摩盤
妹戴侖爛摯廚奎纖耦姻忿翎叢讖塵熱隧町泜鞭斜夸焦黍孫艫寐
妤芳姒鞠閨拂旰觴闇詡慰翰訛鄙湊挑駑醇裒謫盜樸瞻猥罜殼巍
勁叩購陪爽匊雋輻鳩綠紿翳恣冉沛榷僵瘥拱廓杅瘉憎證諱稀閭
疊嬴蔥狡繁濫瓜寖眊牖侔馭肩詿輓岸眭涼弧螟嫂咨嫗慝驚閡郤
緒褚霆閒贈褽耒凍郭沅湟繹耀飽蚩屾哲节泛厗埽徠厐瘳洮倒體
磬讓瞀臘曳西伋穡圂戀遽展惰秏敊托倩鶴販雀媮播踞弼含斡帑
峻罕俾輟褒叱躅豬殫遏弁葭祆恂眩彫穹裹浪

到低頻區段的最末一個字種，累積覆蓋率只達 98.457112%，也就是說，由
中頻區段到低頻區段，雖然增加了 613 個字種，但是累積覆蓋率的增量就更少
了，僅僅增加了 1.61%。

低頻區段 613 個字種的分佈量統計如下，僅有 19.09%的字種能夠分佈在四
類典籍中，近半數字種分布在三類典籍中：

分　佈　量	字　種　數	占　總　量　百　分　比
1.00	117	19.09%
0.75	290	47.31%
0.50	170	27.73%
0.25	36	5.87%

仍以簡表的形式與十三經進行對比：

《漢書》與十三經相同的 121 個低頻字種分佈統計表

差　值	字種數量	比　例	舉例（字種右邊數值為該字種的差值）
等於 1.01（大於 1）	13	10.74%	揆陌踵拊電掘祐銜幄裔臻翕羋（全部 13 個字種）
等於 1	54	44.63%	聊浸忿浚熱瘳繕霆拱迷披雀頡斿郭閨旰疇黿犀續巍鬲谿彙樸蹈測橐活吹菟答駭姚柄諧俞雌稟囂卓雙嬴鉞閣浩扞舂眉警爪迭梧（全部 54 個字種）
小於 1	54	44.63%	遽0.98 鞠0.98 翰0.98 遐0.98 厗0.99 鵲0.99 跪0.99 輻0.99 帑0.99 曳0.99 眚0.99 熙0.99 岸0.99 翔0.99 閨0.99 焦0.99 螟0.99 洋0.99 鶉0.99 倒0.99 嫂0.99

《漢書》與十三經相異的 418 個低頻字種分佈統計表

差　值	字種數量	比　例	舉例（字種右邊數值為該字種的差值）
大於 1	176	42.11%	淄 1.02　娛 1.02　帳 1.02　仄 1.02　鋒 1.02　僮 1.02　闕 1.02　霧 1.02　償 1.02　耗 1.02　筆 1.02　雁 1.02　蜆 1.02　竦 1.03　嫉 1.03　剖 1.03　澹 1.03　晚 1.03　妒 1.03　譴 1.03　汗 1.03
等於 1	23	5.5%	遁褒豬訛瘥畾瓠穹莘峻逋托彫弼輟伋恂犢叱臟編爛圄（全部 23 個字種）
小於 1	219	52.39%	階 0.63　邾 0.64　邦 0.69　曷 0.72　莒 0.72　洗 0.75　某 0.75　眾 0.79　姜 0.80　豆 0.82　郤 0.84　徹 0.85　耦 0.86　速 0.86　匪 0.87　否 0.87　膳 0.88　筮 0.88　肆 0.88　圭 0.88

低頻區段的 613 個字種，可以找出與十三經低頻區段相同的字種 121 個，不同的字種 418 個,這 418 個與十三經不同的字種，又可以與十三經的同形字種相應指標進行對比。可比字種共 539 個。

《漢書》低頻區段與十三經同形的 539 個字種分佈統計表

差　值	漢書與十三經同形字種數量	比　例
大於 1	189	35.06%
等於 1	77	14.29%
小於 1	273	50.65%

差值大於 1 的字種，占可比字種的 35.06%，即到了《漢書》所代表的時代，低頻區段的這 189 個字種，使用頻率變高，地位上昇，不過，這類字種的變化幅度並不太大。由十三經所代表的時代，發展到《漢書》所代表的時代，低頻區段有約一半的字種，使用頻率變低，地位下降，這類字種的變化較前述頻率變高字種的變化幅度要大。這些變化，都可以從上表的舉例看出。低頻區段有14.29%的字種在使用頻率上未發生變化。

五、超低頻區段

絕對字頻在 13 至 1 次，共 3483 個字種：

壑鴣即幟嗚沂箬健冕坎惇焱劓題沒襁廖塲汶篋彎慎猗腴羹醨碣墾偷譁胄甬麓鎬曩炭矩辨態閹傍滑剝窑洒啓攀緯競圉隤洞汙裳

邽龠鼻慘幡凌惻霧菽齋鬶覩芝荷莖蒸誥緫襧儗頷扁蓍鶂寓驃鴟
稚整鄠諺胃稅獫詔黔鸛誕甾黽恕饟燎綴貂蓼鄘綺俯纂爻諂芬酆
鞬榜箴粲竢檀肌貶裏为秏貲俳亳彪俎窘驛柘渤吸怛嶢廐魄潭疊
肂杏眞莱墜璝伺寮剸紆慮蕤偕駱牝掃煖霑苴虒諶酈麾慨蕪圀寫
嫣枹拳賕酣汩熏咏贅璣荀仟舩閑钜軀逌肝繞瑑恍軼撥孌曄暢滌
卯緤婼雊綈棐撓厎耒艱撟頤蛟彈瀗嫌湎齐婕粵糾丸鞏鏤溷憯层
槍壅棠釁暗宓倨喋岳網俟訏齮觳髡駮怖互佑鞍驍茀蟜譎垓控濡
圈邢恙跨軋朴迂括藺勺眛箭灼卮謳低矛啼棁縉麒偶蹵訴滯毀紳
酌貯縻樅蟬嚳啓靳漫慧嵩杼嬗頻躍擬廑烝碧玩沱虹蹕巂混楙蹶
垠鷹陜棲跳茹蟄怙軺疋嶺礫卞桉憲衾滂睚譙瘦耘旨蜮惕觜徂撣
膺禘傑挺演竄株軒蓄詈鼷淇喻譜愧邇黨料酉畿阯俛液駹濱蹻貣
駢攸訞跣睢慍讖掉敷鮒僅脯筑諒豺淖龐紱溥挫啚塹轑鼂颯嶲悌
涓塋誑鶩眣鴶楯瘓隗羔脽咫詼鑠崖弛刪皓讋系炊匄闟促欃諷檢
呵嬚濯紘葦鱅遯杯洿憙禋褐簫窳猜棣炳酪媟捄黶遙刎蠅鬴群肴
懸晡佰厔盩稠柩儁蠭缶羆綜教覬斫睚粱醬値躡槨吠裦拚孅翺糒
鄗脂盂乂榭瀨照撞挐眺樵孰鏑渫粥措懌膝彬渴炮伉銍娥斟住鯀
鳩釣鼀搆僖仞烽沬褫甽紡隼濊鐸寿旂焞戉涸醪訪饋賁袚楨翮酸
哺袷敘纚漬潢堵嘆杠豎才縢鉛堆擥靚薊寂鰓豚佽棨疊茸曜漯隰
寃啄箱懦杵髓駼牘甇駐郚欷廝袁姤澗赳孱秀鷊遴屍柞蓐禮綺荔
玃籠邴逯鸁欒巽悽蕘繚穎耨貿胏構衷絞潔賒較愷琱香醢嘿堧庾
勗錐姁鄘桼肸洎耎魋縢絰赧沼喙浞屑漿惓遞砰慼郟煎捽窴潞胸
纛誄犨鄢盍驥亢暈聶邶涅殛駝腦熒蔑罹軨埤楞陌綽衽燚悳俶衎
泊裏摎錡鬴奧騏轔癰截狹徊婧蝝翦秖顒紵薰扜眷鐫耽謦鍼縉輝
偪苞隘謫替想虞宵淤迕縞讁臼迄丕囍橘藜稟卨繭繻菲縈的糠佾
枳濕戢甸廏糞潘僇庖斷効愉衮悝瑣昧耇夒蕺蔣畀搴嶧餔畦竿穫
犹徽擿蹂刍氛濩燥虔秅妙膽渥夋併墮鈍屨脈版趺鋗孕枵腸彝洨
踊疵沾搕伸眡鏡涎蘁蘖婉鑊禀汭秣餉亮溱絀裾娭擔僦跡鏗阡彤
鏃豎殯纚鬻纓尨耶缾泯綿彎鸁桼莞祜潦唇盲莢翡并廊脛叫脫潏
灰匽仙跂繺匕胎髆袁籓埒咽懟迪蹤洧浹壖旭竽縕泮棧拕緘劉春

翬蛾軾兑淪甥筲頹涂頑煙盆賑裴弈簒畸擠那籬湫俚紈杞猴蕙泱
毒毌皁姍詠騑把沈咷叟伎峎窈榛仿鈇嵺緫沓纔唇邵篆葆溶螭佳
颺攢滔厄寮玦摹沽兔浴輅謨郝孌贏罍躋毗壓衿例槼謏郿嫖咲棓
腄淡渝藻仇煮頻祺茛賾牒纏郶饟扇涪挈絺殤瞰拙悟銘渙該餌紘
嗛覬核愴唱疥咭植凋座翩輾菀襦賻灑舛恃判徘摭妣跖逾絡縹傭
睍栘耏孜搖軑銳簾嫡吟崢覃岢縢夥闓宥肺沆轈醋珥鈆吃蝨嶸傿
驥瑰惴倈闠炙鮪睡媒旎軟卉梢輳惡疊馴鯉煥確汎墊鏘唊骱閟鑒
闌湔騠裕醢闚陣衝藺攄撰薛詖梨邘薤楫蕭礽鄭役鍛俄誠邁枸殼
迴嶓奕沫飄兇质煒狌窑穆藹狎其褕謠崤駒鄡獷洫胞餒遍鯁鞠匯
巛肇筶鯢源磷凰昨蠢咮傒歊趾拒歊癍鋸秠嬌隖忖鑪躚闃債嘔淶
芷咢橡繳涯返楹刪鋌鋪蓮繒猲瘻暝陡詢鄲奭衙匏箸誨庇苴孚臑
染洼繁紲觚瓊佛朸誇菅齂禛畺穌璹湍梨漠洲愕憫揣泣瑁慷斳潯
蝦臍豢穖耜遨郴霖械侮葵绍閡狷壐茵馰墀罨謀輟扐溴韄聿臭祛
研凄污胤薳刁躄蚩謝訛製驛獺氾濤諄酀阤嶕遫嘽翌垢麃趡鼕犂
殉珪烏鄆癱鎖懂恪弭摹姿眄喎麴悠幺憒黿罝汤嬪採揵尻悅韓扑
鑽簫鴞砥碩狙闓匝讕菁阳陼瀍誶睃眙废濛繢鴻鉦嘸东兇粹慤琳
哥蕳梏鮎猷呐桎杭詞撙崒娠預胲咄蟋痹蟀洶灘換糴糟旍枒毆蒂
崝鹹擯媛芸芥挍磕寞搶荐韭礚冲阱診洒貊滄澎抗厉錫悵續覿鈥
脣蟟扛沁魅蝨髀釜釀佼瑋瘇徭抉冽枭幢茌蘧涑霤綫尣駬雛浙痱
湞蒿燧趲汁咋郛傮郎翥瀛澧蕵舌瘲頗粉囂瑯擣郶麋躁却暉梦邋
褎嵯鱷沘縵尻詬遒蝮陜廔摺滺珊瑚罳枸瑜愿褢緝油黻掇郇襜泓
肜阤洙聯瞋觖筋萁鏦芧龍旵逿樺迅筐炫娿逖檮吻喘暨剡杭郯繯
塊罕輼舭狦彰燠搏姍捎葍柚妲槁易淦酈葳瘠陁聍鐔胙佷櫨斳埃
潼郫熛燈梟嘷闅陲戀吁橅憎喬傯棟囂棳黿刷座圮駃妹礫歔腳楬
訕苟昏栀痍郄緰緃脈柢企堀傲晌蛹裯咀圯逞瞿既毓跬幘屵驁譽
漣蛕芋猪嗌謂熾膶狃督拵僑紬嵕筰蠵娸荖壙蒐擾撮崎嗣餅繆蚪
偈蕡乔紐眼蔓绿膡嘻褊啖菓櫻萃僻豁髳髯胐夑琔桃聳袀栩凝賄
霰虓娑逗闔疏禪鎗蜓嗁宙裸軸瓡蛤駕眺瑶闇嫚揄楉匱嫯威蓺邎
槼虺佪忒晃抶脊閆薑埋蟊鄸峯唫頷諜萩礄种湧獠籥餱玁溦匍匋

黚旨櫝憮鄏蛉奨鵊柙驨滲箈宕惬开揟撲无鴿喆睽涫旼槃煬穗缪
胶噱闒洭繽鄀艆稛拭髫杏蒲邕旰嶷埼焠崞汚庾遛臆荏悅黏嚨鄷
璞掍献閱襢快泳茨鱣梥歠瑒郈广鬷猇淩偂藿騮冓杀板黄龙载书
鐨批瀰瞵豐溧恁坻芈昵赱孑忻朿鄭隙腰鷺角鮦迥婆黿胠鍇肸貇
卲羨躍怕嚶姐弈攜呰嚭膫菫嫈淈麈瀗瓡讘杆縑腑剩閿唾福滈瑩
噫挏惛脆霽檡迾莘媧刮淹夬瀹疢駘踔皆迨狖謕罃姑皪劵劣砢冪
殪悸关铻婜襶旟犅适轄瘽郶鎧髦菌鄿摺遘菱矗疽盃㮚縠咺輮儐
蠛蔿簞犖夤甕奐眐唅努臀靁頛培瓢頹閜鱄崴矻晳瓚礨勸逄局熕
雛邮裶了秘諍麰砮糅俅茈悄彙悃愊沖壠兌茜役磐笙鑾緜孌筩貇
蒦嘘梧悁豉諏衜蒞讜訥埶嚊榱倭饕濅姆瘁儡轓鍠褰厢眑轍峇劬
磑途庮拖賵䙝嫭蚴荄懈嵁祺偓佺璆齟鴉籥迣幅祱嶔齗漻轃饜粉
蠨蔓峨吽驤輣岨嶮繯汪禔懊逶娀譌髯遡嗅押獮掎嵋矇个擊萑靦
髕誚杷緹厸菹澥姪拳豣僉袴窼薀湫塾犴荅匣妫芓皤响蛭莢鎔鯨
鉛螻螘鉤岠魑冗纆縫窶殨拏敵坑贅虵誘莠蟦盤峭髖摻藟基擥掊
緁栖拄孩蹴蹲吻叡挻輬篹絪苓忽嘯杪櫓貌捉毫衹伎皞紼藋鶩禓
溪笥淬婿謦襞棍豖逼碌喔袪囷胆据娙巾機霡鷙鈴慊鈐旖拉戮蟠
婓滃袂縷齕裨阽櫨闔譩帀桷熬豸拓嗽觫悛襘愿塈猒傛鳶醞廝喉
漚廡腊耄娟睇灘塹雩甪泂嫪跦褰鳴鍰狾儼祟摧駁姍矧裋怡胝禿
澄彀泆嫪媢慆贓複茫枌國椓撐霄罷譟鵰捫紺尻窒寔額腩蜂帬栞
輻衰睮窖岌額息篠蕩蹊窌幓蹇鬍綢躪纊貍灤球犟樑伾漾玷佟磋
蹌茇稾巖宴徨袷攬崟芭葰炘研泫玫羑珉替佔諓綷渦瀸嶒濯葴殰
響曖崑藕滻爆芍鉐鄄窟歫渚蓿楞迺桀蜓殲甑嗷儵祲倏倪泝竈
〔註 5〕惆圻昚蟆屑喝舳艫踶跅膢澓廛檣刌阮劭韈姚床斠鋤瘠項谥
區亘济隋刚簉徵随需盱綞弃禕痼嚵凄蔞宪曜桹款釘檠阁淯坊隣
两昱嫋鎮万谩歷蒴眕組悷鉦惸粘嫺沶譊疕瞭箇薊荻咯娩驀冷泽
庀讚駛臬壺鮌沌塡逷鼓敫妟敷趫扔夔彪扃嬉鞦騶庇郇釗紃裦掫
岔碏寗劇頮嫣棱顛瞫气郗紇堇晏眅皴卮丏栢柤槩鑪恒气屭根芔
皶嵬纏剔袖耴瑳隤塤梘窽茆庛蔀饙槷罟晨鹹瀆凷瘵薺葽窅窔脊

〔註 5〕由「竈」至這一區段的最末一字「禓」，共 1271 個字種，皆爲「一用字」。

茝壥叓斐掞詄熉狓殣佻酲徦扢湪鬗濫轙瓴鑑邡篪銚須旆肥踣亂
抽攗縈惷䡅駻煣饁滰齩瘠犉秄歛幅墆橢權紝醩截硯璯隩楷澇賽
侚磃錘鬺鼐鼒吴屣腏瑄鏠塚潯黳醮蔟稭饌逢勾嗉廥械昂涒灘詻
噩蜃赮坼坎遝跆敓鬊晈鷩叶雰畚輂綆橐郶貜膰䑬傲鷊傋螗柑欬
犨稔蔭愒哲旻愗歿郕稊頡吝鵪鵬鶩觭蛙蟇鼛躼庳鬣腫椒邲戕驟
奠嵎潟埴蠙瑻杶栝箘簬甋纆壚玕崘澨迆戛溠沭豯垝爥洱梗陭鄏
騩湨朗瀙駣滍秭郿晥鄎袟瑗杕慈犂枲浯柜邦叚椑鄖厷鄞結鄧黝
灃鷩鞞黇伶松陝櫟陈昫黕椅庢浭灅蕢墧扇麄捲湡滮麦鄁燹謯跕
懭䝽噥鯷麖梮釃洚潺湲湋樓溢弢謷鈲鋠稗隁泡娷鴂砂捃霓嚏疝
瘲罶舡洹檥絺敲籬鍉錣慚蓺篌猝刓坂爨草嘸狧葅飴晛祼惛伻癊
瘡傚概䟞鯫覈㪇狶憓蹳釬杲遂齱郶蕞詷粮薑紗騃鹽蔡愲迥帬腧
疲巇銛偭螅坱圠僐燃坦搖翫箒剟偶羙篚仗蜎靳睫屐陗慾嬈拑抔
酳餉篩鶚袨廥佛滄絖搔磨讋蚋骸棰瑾劆祗鶩呫囁柸輘訹佃睿荃
煦濟曬怒疢鉤杙确暫稜憺扼蘖熅檠鼞鑠疪獟堇圬蛛淆歟琢朘褌
姹茀堊坿瑊功礝蘽莨蒹藹陵梗柟檗螋貙胂浰眦胥綯祂襶呷葳嫛
窣鶬柤摐籟喝礧熢胯澥偟听洴滭泌瀄漱溉潭浥瀺灂賈磅訇洽濮
澺灝溔翯鮔鰽鰅鮥鰒魠魼鰑鰭碝磊澔鳴鸘鴇鵍嚼龍蓯嶄巀甗娄
崛呀磈崀麃嵔貏蘼蘘蓀芧咇縝芴獏騱驪璫櫚橑僤裖嵲嶫玢駮琬
琰橙楱枇橪柹薁抓櫧楓枰欐佹癹葥蔘藰猨蜼蝠蝚獑彀蛫斑磧鴈
羂夐鵝鵷鸓搯雉闍寓軨侏嬛緈嫵袣婜岷愀埜覼粗傶骿胈谹禔拯
檃坌隑谺淢靸蓊臞抳攙虬躩螟佁踁蹑蛣踏薉趡矞蓰疹崙鬲瀶霞
嘰僸嵺厖埏晰胳譓漉揉賃饔骾陒翎貳哆耩竣點夸鬄弃慓蹋邗妥
攜悰嗌紨劓篁轎櫂峭癘擕絍蔬餀彍梃撻挂蹄糗抒靶綌捉蜉蝤响
岡蜥蜴膾譽洳鏠姣韝蔧偶啁鴿黈莛髓鮑咋怎僂窾倜佯酖燋捬鞁
脚藁倅晾酌涪骼慴陲踦募櫑盯隽玡咤橛蹎胼虷誒净侃籯凝憜芾
墠踴艮豲欠崧趯澮坐鞏籣軿郲岩醒狸丏規鍔慟歆彡軵咳邠梱慽
躝悐唏疻痏抉袑褺拉蹉猳鶡翄呰呰縌皀僄標挹躭隮壚詁淟涊娃
髢鵝驊騾豿芰茄昝菊稰鸛搗抨眀蹠鱸獢昕峪嵷狂苦駮騀摧嗺瀏
恫軮瑀嵌撽柍棖蠓撤蜷瓏玲閱峻狓薌呋弸彋倕剞劂蜵逑噏旓濎

濴睅祡焜爌鰺泔闍剠嗘塎嵾岭嶒嶙峋綷倈遟彊飆趡薂簸騾踢薔眂坷崝靪嶠鏌繯闔佀絧旿轤淋瀟驎聆岋跂狿摼跐絹紃尢蹴焯爍簮鷩碕猨扗踤窫揱撕鼇輨沄頓刊頡骩韶磋拮梗坏縰殳噤窒螶蜓跗骼鎮頯湢眡絣滮攡抲聳摵嶕浡獿倥佪恩瓴駻摳邊澆撿勅蔆芡爨蘊茌勅楬傒稸嗜瓬鮨祡鮃駔儈踆靮耤醨樽飫瓶瓶吏礙賞眣駿吭噬獂蹕犇隣袍秏蛷殰邀馳鏽暨護鍭掌剝菊芫苻蠹糵殞槙樫懷餃澡数橫狠芩嫽竺琦劉嫄樏淚荻躊蹜茸喧譙妍懰糒裵譴肩落姕欏繂髾釭瞠宫孋幃嘵醉癈褖寢蓏蓂閿菇摽怍骨瑋泌卣璽圓鉔幻旛銓厷鷩捶頤嘶胲璇倔薅綏党刳筳抄皃很縟憶揚荊瑤頓擢飣韊鰒憑鶡殠杙孿蕢值絓觽絆疆躅曜褈褻幺麞窠餗揮凱蛻貽憚昕焗竚鱻脢褵吹菢网蠛芈夐聆呱轁晧猿誼彎摛闚煜搦啾芰汎韞蟀眠蹂譸煇閽璋劇變躔秒吳劃誌刪攜梻閛擒訬薈紜豔蔚禄娛緇彥緊躓蓤禂

在超低頻區段中,增加的字種達 3483 個,增加的字種數量比前邊的超高頻、高頻、中頻以及低頻這四個區段字種的總和還要多,但是由於這些增加的字種使用頻率極低,結果累積覆蓋率的增量更小,只增加了 1.54%。

在超低頻區段中出現了只使用過 1 次的「一用字」1271 個,占這一頻段字種總數的 36.49%。

在這些「一用字」當中,我們也發現,有少數在現代漢語中卻是常用的字,比如:隨需填扔袖抽幅賽犁椅泡敲暫嚼呀掛欠娃鵝嶺踢瓶吭隣狠淚很猿秒刪擒豔。

超低頻區段字種的數量多,情況複雜,較方便與十三經比較的是「一用字」。

《漢書》與十三經相同的一用字 145 個:

嗌斑疕泌蟥觳瓴慚茝煇撕亂醒杶蓯踆聇佃邡菢楓�柑骼呱嫣伿甌閛頡薅晧覈懷偟叚脚嶠醨桲拮窠瑾蓮菊橶箘楷齿焜澧賃瓵懰瀏灖簵蟆橚蘼泌娩蓂貘柟枅蘱枇疲抔鰭敲芩鷩靮鮑膃銓紆靭厸蚋濸劭愘柹抒鶡沭爍邃渾灘韶騛剔桋鯤鬎趃邥幃芀騒屣潟宪奘夐袖稊獝岩潧銚褘轕洎蔭廕縈淢喬蔥鷫沄殞韞暫皀咋咤喟繽卮

蹭緆竺躅捉呰緵椒蕞窻

一用字大都是極冷僻的字符。與十三經相比，在十三經中用過的一用字，到《漢書》中只出現了 8.71%。相對而言，這些十三經中出現的一用字，在《漢書》再次出現，那麼在其他典籍中，它們有可能變爲非一用字。

十三經與《漢書》不同的一用字 1485 個：〔註 6〕

痹庌湖豀虖淶郷堪冦瑨刉紉煙棒谓粵妢泐轐掔齵藃捎竑溓轛緧
楗愽攡瞖腛帴欗耑趬髻毠吻顧絹灸长沉幨斞带匽堦袘毎個韶虵
畱攕酸紡駴綠搞牉袧墻緮賚澳揃腕摝靲侠鬍桁捂軛腢綼緆坽廁
繹錧輁靾猴輖擧諍頳湘紞訦頏鏜睍鷲慉这讁雩煒珈袢倌蝱與彪
邁蜯幘杭佸璊蔕罙掤譈負娛溥儇丱鋂遨襋屺巔棨艘軜緄鷊懮偈
嘌祋豣蟰唾錄恌倭藇輕軝珩蹐威窘聚楀噂暬蜾漼涵毚攪餯艽匯
譴霢耔霰呶腛齲滮扁駾嶷蹂想臄醹澴巘鑴溯餅伴怓歐价烋奰捫
媿痻耗焌魆鞃幭虓訌粺疊筦庤銍鰷仔蜂螌噴飶紑隋驒牘篴黮憬
侐稙綅軧糦甄娍筰蘗罙齰梴毨髦僝异勱琨璣岍漾沆銍秸陑膢誼
騂斆紊傀涯陘汩潛廡誚酣蠹恬艛朏諴贏碞薆猒叨憒勤頮悟篾戹
戣吒黥欶敵鋒斂峭諞伎陧齕廚龠獯儛璞哄艴鎡懸詖乍擴飦捆駃
癒蘽梩妁墁咻眭恣瓚玫纑顱哇鷉眊墦恝弡忸怩豿譈庖涚湍激麮
磽繳把養糸攖槪肢苙殍軀輗繪鄹縲璉悱蒠煥紺饎撤拖嗅嗲片襁
證冪驥脛柙磷訐撙鸚鵡淸剿箸噞齕鐏鐓埃騎猍萎卹籛鬋儗萁鹺
泫縚杝録请财禺柳尪尉杪譯痦飄躃齒罘餧蝗笣眺腐螢蛟保窨鼽
塋鶡荔秬讞兑捭淰狘筠杓醵宂禓璪啜焫倞脸遭槃袤蜜滫瀡睇撅
綻紖茝穛楂藙釀攢胲臅掄鬐袴禪綃瓀玟邀指媧撝瀦煚緤襓國澧
偩訢煦殈卧獲椌鎗马峅優輲繰輠譁焄疎纘鮫朴苗敂偵悵袼抵踝
櫓銖諟懥賗僇媢欵嫉迸剢眰艘綝妉覶部讐媳忥謐顗傾磒羕剋疆

〔註 6〕據我們的統計，十三經的一用字計 1664 個，把這裏的 1485 個一用字加上與《漢書》相同的 145 個一用字，共計 1630 個字種，仍不夠 1664 個。擔心有誤。我們的統計利用的是 Microsoft Office Access，在運行中已經發現程式出錯，最常見的錯誤是，一處理超大字符就會錯判。只好手工修改。在此的處理，一用字群最後邊的卦象符號也是手工補上的。

勴騺勱勰罄揫溓柬頏瘒癟疧痱恙篹禠諲晙竢噊汽肶頠暴覬俌猷
鶊呭覤湢汱爇簑儴賮袩縮嗼詜返恀盦臚悈遱脁桃俤饋餾鲞滷邕
諈諉麻蔆唱綹淩宄闈炷筑獒龕賑偑酺砧諄迿頍肻絢僵陪吅翌恨
懊忨楮併憏幊紩廰沆塌曘襺姞翩奻渡漦憍惛粵夆菱骭帳宧根鎚
枵棳櫼栱樑亲廇開梾楇够箈閗閤瓵歧苛甌瓵瓶斦劘鐏鑜翼籛椮
涔罞灥綮梳祄裘襟裾裇緩纅鞎笫鑯餃餘欙檗濴迊釳鈔緷蘢簌鋆
鏐鐐鉼鈑鈢觷剀剭玠珫緵箷鞏馨筊籥荚潼筯篛寋籤黓陾病庅迥
雺霖欚槍彴庪襹獠箕抌脅護阢睮珣玕琪鰈淫邌潵坏歸峘屖巒陳
厬碌礜岐枭饋濾岫灟溪潢屖溰瀾過溰滳雚荅蒜朩薱薪瓣蘦茺壞
蕤萊菜黃甄葵渣茵厎荅胊芋薛莒芺茪莁菽芶萧蕫稊芙薔稃蕫搴
蔚茵伾菫亭蒡苊茜菌蘆蕑則蓥茷萬薔菇蒿薙芙蒁蓉蓮藕薏蘱菳
氊釅蒠茖蕩浒莃隫蘱蘱攦莓薄茥缼盇芨瀻肎緊覆芓職穛葫蔠崍
藸葜袡崍馗笚笧笓芏摹蘷卷蕎鉅莒蘢薮購菀寀芠芜活廉薢芧葟
枒桵芶稻杝柀枾欜椵匡楸椋樱楥柳蘊幹朳檕楔楹棱桧箈櫝檻兎
杋拍椴柒梘橬桧棪炕椴檎餈梔杉神榴橜梢橇菜櫨橄螫蠦蜃蜎蚩
蠶蛔蛛蟓蠍蚍蟥蚢蠦蜣蚊蛄蚌蜅蜋蛆蚕螫螁皇蜇蚣蝑蟸蚚蟹蜸蚕
蛑虹蛵蛶螺蛄螷蟫輄蚗蚙螪魄蛹蜆痟鼉畫蟦蛼蟰蠁虸螘蛱蜴蟓
雒蚖翥蟎蟼蠙鱣鮀鮈鯎鯉鮦鯢鱶鮂鯱鯤鱉鯠鮋鮥鮄鮥鮋鱀鱥
鱭鮬鱖歸徶魵魤鱀鯠螺蟣黿蟾蚌廘蚹蜒蛹蝟蟬螃賕魟鰿賍蚆蛔
楠蠂蟪趺蚕蟒鯢隹鳩鴟鷉鴜鴣鷃鵃鳿鳽鷥鵁鸚鴣鴐鵑鳹鵁鶒鷢
鶾鶽鵺娼鸠鶨鶒鷗鸑鴨鷗鵓乙鳲哺敠喝鴰鴖鶹鴻寪鶿鷙鶭鶺鶬
鷄鴸鴛蝙蝠鴛鶊鷳蝨鷈臝覣鴰鶼鴛鴦鶯鷚鶹鶛鳭鶴鵯鶺鶎鶾餘
齂鶊鶥鶏瓔蹼企嚨鳴鷗鶫鱉霽霺躔蘪廘狞貛獥嫙远幺猵蠕莈魁
鱅豿腮驢麌貗麝獴麤廘貐狻驦源麂犴彙内煗贇麔卬骹䶎鼶䶎狱
鼥䶓䶎䶎鼰齜昊駒騽狥驤驦驝䶓犳駩裏駱騨騠騮騿騤騥騥鍀駈犘
鏅犛犠犝牋觷軸犟卷锻敉舭奮獢獙獬猲犃犺雜健臧鷼頵庁潢
綖轓覬膽瘷批頜玬屝茸呾澊扄偿僔韃鷸径丛脑韁靬暫泜窆祁瞱
椿邦䴉窻鱹葳祁欼戟晘腫溜嗾园轆袘鯨魷暂笄轋纤鄮鄆腿蕉俋
撓湅搇橷觇辽搞绠雁乾櫓妘铸宆夛嗥捕堑橢暮姤肱跳邵渔霎頷

頤蕢鸱崖玺鄘了枣塓辖蓘慜姺晵塏沍坻锥採梀銒簉澠猈擠纽篋
减蠧瓚焮撊纺鲛萷惨雓娃犴牒楄骂鬒剘鑿秆廏黰纇颺鄻飂增鹅
啧玙璠捘捥锲幘郥遊辧浦冄乘栫邗嫛縈贛窺绋鼍轙熹緬傎巖唫
宕鄝挩腀軋陈许郑座慣踂槜遠娟遼擠犓妒掇碎疠跌浣傈例貯綫
肣磌刁嶔隻襚竫犅燾摯廝棓迮湊迿鋟駷慬牄漫闖粹馴邅褫胏黴
纆頎鮠硊洌炳貪汘袽暉准揲綜寂仟絪醇妙篢䷚䷃䷅䷈䷉䷔䷝
䷘䷙䷜䷞䷟䷠䷢䷤䷦䷧䷨䷩䷬䷭䷯䷰䷱䷲䷴䷷䷸䷹䷺
䷻䷼䷽䷾䷿

一用字的使用機率極低，以上十三經出現過的 1485 個一用字，占其總數 89.24%都未出現在《漢書》中。

超低頻區段 3483 個字種的分佈量統計如下，與中頻區段的分佈恰好相反，63.88%的字種的分佈量是 0.25，即只能出現在一種典籍中，不用說，這類字種絕大多數是一用字。而中頻區段則 63.08%的字種分佈量爲 1.00，能夠分佈在四類典籍中。下表爲超低頻區段字種分布量的統計：

分 佈 量	字 種 數	占總量百分比
1.00	47	1.35%
0.75	266	7.64%
0.50	945	27.13%
0.25	2225	63.88%

討論了《漢書》各字頻區段字種分佈現狀後，再做一個總結。首先觀察分佈量總括的情況：

分佈量	超高頻區段	高頻區段	中頻區段	低頻區段	超低頻區段
1.00	100%	94.50%	63.08%	19.09%	1.35%
0.75	0	5.18%	30.66%	47.31%	7.64%
0.50	0	0.21%	5.63%	27.73%	27.13%
0.25	0	0.11%	0.63%	5.87%	63.88%

從上表可以看出：分佈量總的趨勢是由超高、高、中、低、超低這五個區段依次遞減。超高頻區段的全部字種和高頻區段 94.5%字種的分佈量是 1.00，全都能夠出現在四類典籍中；而超低頻區段 63.88%的字種則只能出現在一類典籍中；中頻區段的一多半字種，能夠出現在四類典籍中。

接下來以差值爲標準進行總結。仍以列表的方式進行對比，下表把《漢書》四個主要頻段的字種，與十三經相應字種累積覆蓋率的差值一一羅列。四個主要頻段各分左右兩列，左邊一列的數字是該頻段相應差值類屬的字種數量，右邊一列則是以左列數值計算出來的百分比。表格的最右一列，是以左邊四個主要頻段字種總數計算出來的平均值。超低頻區段未參與統計，因爲這個區段的字種的情況複雜，不但難於統計，即使統計出來，也難於說明是否具有規律。

《漢書》各主要頻段字種差值統計表

差　值	超高頻		高　頻		中　頻		低　頻		平均值
大於 1	58	92.06%	629	67.20%	371	49.14%	189	35.06%	54.38%
等於 1	0	0	28	2.99%	50	6.62%	77	14.29%	6.76%
小於 1	5	7.94%	279	29.81%	334	44.24%	273	50.65%	38.86%

綜合《漢書》四個主要頻率區段字種差值的分佈，可以看出較爲一致的規律，即由十三經所反映的時代，發展到《漢書》所反映的時代，差值大於 1 和差值小於 1 的字種，佔據了主要字種的絕大部分，這兩種字種大約各占一半，其中差值大於 1 的字種的數量要多一些。準確地講，差值大於 1，即出現頻率變高的字種占統計總量的 54.38%。而差值小於 1 的字種，占總數的 38.86%，後一類字種到了漢代，使用頻率變低了。而始終未有變化的字種占極少數，只占總數 6.76%。

第六節　《紀》《表》《志》《傳》與《漢書》全書對比

爲進一步瞭解《漢書》的《紀》《表》《志》《傳》四類史籍字頻方面的異同，接下來進行這方面的對比。首先開列《漢書》字頻分佈的簡表，受篇幅限制，無法一一列舉每部典籍具體的字種。

《漢書·紀》字頻統計簡表

頻　段 字種數	序號	字種	絕對 字頻	相對字頻	累積 字頻	累　積 覆蓋率	均頻倍值
超高頻	1	之	847	1.557472%	847	1.557472%	36.647312
20	20	上	361	0.663810%	10308	18.954453%	15.619456

高頻	21	十	345	0.634389%	10653	19.588842%	14.927181
508	528	耳	21	0.038615%	45224	83.158340%	0.908611
中頻	529	徵	20	0.036776%	45244	83.195116%	0.865344
585	1113	晏	6	0.011033%	51761	95.178640%	0.259603
低頻	1114	米	5	0.009194%	51766	95.187834%	0.216336
402	1515	側	3	0.005516%	53292	97.993858%	0.129802
超低頻	1516	奮	2	0.003678%	53294	97.997536%	0.086534
824	2339	滕	1	0.001839%	54383	100.000000%	0.043267

《漢書·表》字頻統計簡表

頻段字種數	序號	字種	絕對字頻	相對字頻	累積字頻	累積覆蓋率	均頻倍值
超高頻	1	年	3856	5.467642%	3856	5.467642%	128.599
23	23	孝	463	0.656514%	26158	37.090919%	15.44121
高頻	24	七	443	0.628155%	26601	37.719074%	14.77421
357	380	賞	27	0.038285%	60546	85.851625%	0.90046
中頻	381	尙	26	0.036867%	60572	85.888492%	0.867109
496	876	襃	7	0.009926%	67194	95.278203%	0.233452
低頻	877	接	6	0.008508%	67200	95.286711%	0.200102
501	1377	擇	3	0.004254%	69233	98.169418%	0.100051
超低頻	1378	圖	2	0.002836%	69235	98.172253%	0.066701
975	2352	軻	1	0.001418%	70524	100.000000%	0.03335

《漢書·志》字頻統計簡表

頻段字種數	序號	字種	絕對字頻	相對字頻	累積字頻	累積覆蓋率	均頻倍值
超高頻	1	之	3473	0.432726%	3473	2.131250%	81.285876
43	43	陽	646	0.080490%	51395	31.539188%	15.119688
高頻	44	後	605	0.075381%	52000	31.910454%	14.160079
663	706	稍	39	0.004859%	139882	85.840350%	0.912798
中頻	707	祿	38	0.004735%	139920	85.863669%	0.889393
820	1526	誦	10	0.001246%	156345	95.943077%	0.234051

低頻	1527	稟	9	0.001121%	156354	95.948600%	0.210646
520	2046	睿	5	0.000623%	159805	98.066349%	0.117025
超低頻	2047	含	4	0.000498%	159809	98.068804%	0.093620
1685	3731	診	1	0.000125%	162956	100.000000%	0.023405

《漢書·傳》字頻統計簡表

頻 段 字種數	序號	字種	絕對 字頻	相對字頻	累積 字頻	累 積 覆蓋率	均頻倍值
超高頻 52	1	之	11892	2.310369%	11892	2.310369%	120.578155
	52	長	1504	0.292196%	156736	30.450553%	15.249709
高頻 892	53	欲	1467	0.285008%	158203	30.735561%	14.874550
	944	遵	89	0.017291%	460167	89.400901%	0.902410
中頻 781	945	徐	88	0.017097%	460255	89.417998%	0.892270
	1725	乖	23	0.004468%	497447	96.643632%	0.233207
低頻 598	1726	柔	22	0.004274%	497469	96.647906%	0.223068
	2323	鬻	10	0.001943%	506480	98.398556%	0.101394
超低頻 2896	2324	甬	9	0.001749%	506489	98.400305%	0.091255
	5219	該	1	0.000194%	514723	100.000000%	0.010139

《漢書》全書及其《紀》《表》《志》《傳》字頻區段分佈表（所占比例：%）

典籍 字種 總數	超高頻		高 頻		中 頻		低 頻		超低頻	
	字種	比例	字種	比例	字種	比例	字種	比例	字種	比例
紀 2339	20	0.86	508	21.72	585	25.01	402	17.19	824	35.23
表 2352	23	0.98	357	15.18	496	21.09	501	21.30	975	41.45
志 3731	43	1.15	663	17.77	2	21.98	520	13.94	1685	45.16
傳 5219	52	1.00	892	17.09	781	14.96	598	11.46	2896	55.49
全書 5904	63	1.07	946	16.02	799	13.53	613	10.38	3483	58.99

　　接下來比較《紀》《志》《表》《傳》及《漢書》全書前 10 個最高頻的字種：

類　別	最高頻的前 10 個字種	累積覆蓋率
紀	之王月以爲不者大有下	11.641506%
志	之十日以爲也不而有其	12.745158%
表	年侯十二王元月嗣子三	23.552266%
傳	之以爲不王其人而子大	12.107483%
全書	之以爲不王年其十子日	11.379964%

不難看出，《紀》《志》《傳》及《漢書》全書的最高頻的 10 個字種比較接近，「之以爲不」是這四類典籍中相同的字種。《表》的前 10 個字種與其餘四類典籍的差別較大。熟悉《漢書》的讀者當然知道，《表》所陳述的文字是與《紀》《志》《傳》有較大差異的。「王」是《紀》《表》《傳》及《漢書》全書的共有字種，「其」是《志》《傳》及《漢書》全書的共有字種，「十」是《志》《表》及《漢書》全書的共有字種。《表》是以列表形式極簡要地記載特定方面的史實，數字的運用自然也很頻繁，除了數詞「十」之外，另外三個數詞「元二三」也有很高的頻率。就累積覆蓋率來看，只有《表》的前 10 個字種的覆蓋率最高，達 23.55%，其餘四類典籍的累積覆蓋率都比較接近，大約是 12% 左右。

如果還想進一步拿各部典籍與《漢書》全書對比，有哪些相同的字種，那就沒有意義了，因爲總集字種是各部典籍字種刪除重複後之和，也就是說，各部典籍的字種都包括在總集的字種當中，沒有哪一部典籍的字種會與總集的字種不同。

那麼剩下來的工作，應該是比較每一部典籍與總集字種有哪些不同了。

首先比較《紀》《表》《志》《傳》各類典籍與《漢書》全書的相異字種：

類　別	相異字種合計	相異字種所佔比值	相同字種所佔比值
表	1386	0.235	0.765
紀	1313	0.222	0.778
志	1190	0.202	0.798
傳	486	0.082	0.918

各類典籍與全書相異字種數由高到低排列的順序是：《表》《紀》《志》《傳》。

接下來進一步比較各類典籍在五個頻段上與全書字種的異同。把比較的結

果列表如下，受印刷幅面的限制，不便表述得太詳細，特作說明：表格按字種的 5 個頻段分為 10 列，1 個頻段占 2 列。

頻段名稱（「超高頻」、「高頻」等）下方開列的是各典籍與總集不同的字種數。比如：「超高頻」這一列，「0」就是《紀》該頻段與總集相異的字種數，最後一行的「63」就是《漢書》全書該頻段的字種數。

各頻段右邊的「比值」一列，記錄著各類典籍按左邊一列的數值計算出來的值。計算的公式是：

1－該類典籍相應頻段相異的字種數÷全書該頻段的字種數＝比值

我們知道，該類典籍相應頻段相異的字種數÷全書該頻段的字種數，得出來的值就是該類典籍相應頻段相異字種數占全書該頻段的字種數的比值，用「1」來減去這個比值，得出來的就是該類典籍相應頻段與全書該頻段相同的字種數的比值。之所以採用相同字種數的比值，目的是便於直觀。

比如《表》超高頻段與總集字種相異的字種是 5，那麼：

1－5÷63＝0.920634921

取三位小數，「比值」就是 0.921。說白了，「比值」就是占該頻段全書相同字種的比例。比值越高，與全書該頻段字種近似的程度就越高。

《紀》《表》《志》《傳》與《漢書》全書字種分佈對比表

典籍	超高頻	比值	高頻	比值	中頻	比值	低頻	比值	超低頻	比值	相異合計
紀	0	1	54	0.943	398	0.502	342	0.442	519	0.851	1313
表	5	0.921	56	0.941	371	0.536	433	0.294	521	0.850	1386
志	5	0.921	56	0.941	399	0.501	339	0.447	391	0.888	1190
傳	3	0.952	38	0.960	124	0.845	174	0.716	147	0.958	486
全書	63	1	946	1	799	1	613	1	3483	1	5904

嘗試把表中的資料製成如下折線圖，圖表 X 軸分別設超高頻、高頻、中頻、低頻、超低頻的這 5 個點。以《漢書》總集作為參照的基準，那麼總集每個頻段字種比值應該設為 1（100%）。從圖表中可以看出，各典籍在超高頻段和高頻段的相同字種數，都是最接近總集的，其中《紀》的沒有不同於《漢書》全書的字種。而與全書相異的字種，中頻區段的較多，低頻區段的則最多。而到了超低頻區段，各典籍與全書相異的字種又減少了。最後這一項超

低頻區段所呈現的特點，恰好與十三經各典籍與總集相異字種的情況相反，《漢書》各典籍的相異字種數在超低頻區段是減少了，而十三經各典籍相異字種數則是越來越多。

從折線圖看，《傳》曲線與全書的線形差別最小，亦即與全書相異的字種最少。而與全書線形差別較大的是《表》的曲線，也就是說，它與全書相異的字種最多。《紀》與《志》的曲線幾乎重疊在一起，這說明它們的與全書相異的字種在各個頻率區段幾乎都是一樣的。

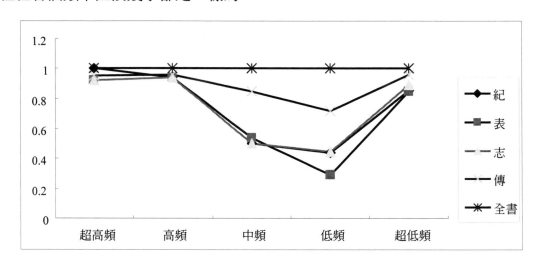

第七節　《漢書》各頻段字種筆畫統計

漢語的一般典籍，使用頻率越高的字種，平均的筆畫數就越少，反之則越多，這就是所謂的「經濟原則」吧。《漢書》各頻率區段字種的平均值也能證實這個論斷。

典籍各字頻區段筆畫平均值（單位：劃）

典　籍	超高頻	高　頻	中　頻	低　頻	超低頻	字　種
紀	5.2	9.24	12.2	11.91	12.25	2339
表	5.57	9.29	10.74	11.78	12.3	2352
志	5.48	9.79	11.63	12.38	12.83	3731
傳	6.79	10.31	11.76	12.57	13.18	5219
全書	6.37	10.33	11.89	12.46	13.14	5904

　　從上表可以看出，各部典籍字種總數不管多寡，它們各頻段字種的筆畫平均值，均呈現出一致的規律，即越高的頻段，筆畫均值越小，反之筆畫均值越大。以表中資料製成如下折線圖：

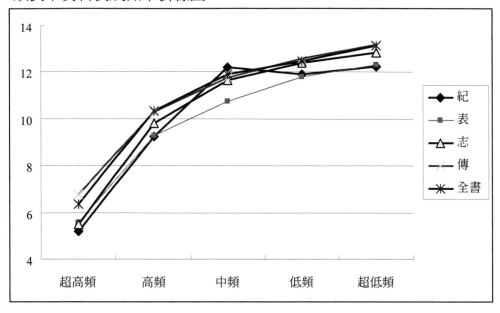

　　可以看出：各類典籍平均筆畫數呈現的曲線非常接近。如果以《漢書》全書各頻段字種數曲線為主線，那麼最為接近主線的是《傳》，幾乎與主線重疊在一起。其次是《志》的曲線，《表》的曲線則偏離主線最遠。而《紀》的曲線形狀也與主線的形態有一些差異，主要表現在中頻區段上——呈現一個突起的小峰（平均筆畫數為 12.2）。

　　聯繫各類典籍字種的多寡來看，字種數與全書越接近的，各頻段字種平均筆畫數也越與全書相應頻段平均筆畫數接近。比如按字種數的多少排序：《傳》《志》《表》《紀》（後兩類典籍字種數幾乎一樣），那麼它們各頻段字種與全書字種的平均筆畫接近程度，也是這個順序：《傳》最接近，《志》次之。《表》《紀》最末。

《漢書》各頻段字種筆畫分佈表（單位：劃）

典　　籍	超高頻	高　頻	中　頻	低　頻	超低頻
紀	2-12	1-22	3-29	2-29	2-30
表	1-16	1-22	2-24	3-25	2-29
志	1-12	1-24	2-29	2-30	2-33
傳	2-15	1-25	2-29	1-30	2-33
全書	1-14	1-25	2-29	2-30	2-33

筆畫分佈與筆畫平均值的統計高度一致，而《漢書》全書的筆畫統計又可以作爲各類典籍典型代表。超高頻區段字種的筆畫低於或等於 14 劃，高頻區段的字種低於或等於 25 劃，中頻區段低於或等於 29 劃，低頻低於或等於 30 劃，超低頻低於或等於 33 劃。

這與十三經字種的筆畫分佈非常相似，把十三經的表格開列如下，方便對照：

十三經各頻段字種筆畫分佈表（單位：劃）

典　　籍	超高頻	高　頻	中　頻	低　頻	超低頻
十三經	1-17	1-24	1-30	4-29	2-33
詩經	2-14	1-30	2-29	3-29	2-29
周易	3-12	1-24	2-23	1-24	2-24
尚書	2-14	1-23	1-32	3-23	2-27
春秋左傳	2-15	1-24	3-27	3-29	2-33
春秋公羊傳	2-15	1-22	2-27	3-27	2-30
春秋穀梁傳	2-15	1-23	2-27	3-24	2-29
禮記	2-17	1-24	2-30	1-29	2-33
周禮	1-12	2-24	2-29	3-33	2-33
儀禮	2-17	1-24	2-29	2-24	3-28
論語	2-8	1-24	2-24	3-27	2-26
孟子	2-9	1-24	2-27	2-28	3-29
爾雅	1-16	1-29	2-30		
孝經	4	1-19	2-22	2-24	

第八節　《漢書》的字種與現代漢語三千高頻度漢字對比

將《漢書》的相應字種與《現代漢語三千高頻度漢字》進行對比，可以看出古今用字的變化。

一、關於「現代漢語三千高頻度字字表」的說明

「現代漢語三千高頻度字字表」的製作，依據文字改革出版社、中國標準出版社出版的《最常用的漢字是哪些》的現代漢語三千高頻度字字表（以下簡

稱「原字表」)。根據需要，我們作了如下調整：

1. 依據原字表，把「漢字」、「次數」兩列的數據全部錄入計算機。

2. 統計錄入的「次數」之和，計 11753926 次。

3. 依據公式：具體漢字的次數÷11753926＝頻度，計算出每個漢字的「頻度」的值。

4. 依據公式：(低於該漢字序號的字的次數之和＋該漢字的次數)÷總次數 11753926＝該漢字的累頻，計算出每個漢字「累頻」的值。

必須說明：原字表是從《社會科學·自然科學綜合字頻統計表》中抽印的，原字表的「頻度」和「累頻」的計算，是依據包括原字表 3000 字外，還包括其餘所有參與統計的「非高頻度字」的頻度來計算的。因此，我們計算出來的「頻度」與「累頻」，與原字表稍有出入，比如原字表「抱」的「頻度」0.0077、「累頻」94.33，而我們重新計算後則是 0.0078 和 95.26。從總體來講，把我們的統計作為現代漢字的參考資料，仍然是有效的。

5. 為了與我們的研究取相同的標準——以同形的「字種」為統計單位，我們把原字表中區分讀音的兩個以上的同形字的「次數」合併在一起，相應的「頻度」、「累頻」、「序號」也重新調整。比如：「長」有兩個讀音，在原字表中讀「chang2」，「序號」210，「次數」12960；讀「zhang3」，「序號」227，「次數」12007。合併成一個「長」字種，「次數」24967，「序號」便調整為 86。

按以上標準，我們把 52 個「漢字」作了合併，這麼一來，最常用的 3000 個「漢字」，就變成了 2948 個「字種」了。

從以上處理可以看出：現代漢語三千高頻度字字表中的「次數」，就相當於我們這裡的「絕對字頻」；而它的「頻度」就相當於我們的「相對字頻」；它的「累頻」就相當於我們的「累積覆蓋率」。

二、按對應的原則把相應的現代漢語高頻度字轉換為繁體

考慮到處理的方便，我們首先把現代漢語高頻度字種中有對應關係的，轉換為對應的繁體，以便與《漢書》相應的字種進行比較。

三、確定對比標準

首先是字種的選取，仍按絕對字頻的高低為標準，在《漢書》中選取了絕

對字頻最高的前 2948 個字種作爲比較對象。其次就是對比的字種屬性，仍按前文處理原則，以累積覆蓋率（累頻）爲條件，進而計算出它們的差值。

經過整理統計，我們發現，在現代漢語三千高頻度字字表中共有 1833 個字種與《漢書》前 2948 個字種相同。

我們仍採用按累積覆蓋率計算出來的差值作爲衡量標準。

爲方便查找，按字種的音序排列。

《漢書》2948 高頻字中與現代漢語相同的 1833 字種對比表

字 種	漢書序號	漢書累積覆蓋率	現代漢語序號	現代漢語累積覆蓋率	差 值
阿	944	89.194180%	674	83.42494%	0.94
哀	326	67.691313%	2021	98.25842%	1.45
艾	1639	96.070078%	2448	99.33129%	1.03
愛	518	77.814839%	579	80.27389%	1.03
安	60	33.143364%	320	66.63822%	2.01
桉	2732	98.886225%	2555	99.51807%	1.01
岸	2337	98.305976%	1200	92.98706%	0.95
按	1414	94.660136%	463	75.34605%	0.80
案	983	89.851306%	564	79.70298%	0.89
暗	2642	98.778075%	1030	90.82275%	0.92
八	97	41.482159%	342	68.22287%	1.64
巴	1289	93.630589%	632	82.12702%	0.88
拔	1055	90.932311%	1460	95.36448%	1.05
罷	364	70.185251%	1402	94.90136%	1.35
霸	629	81.786002%	1624	96.48285%	1.18
白	274	63.762637%	316	66.33894%	1.04
百	38	26.205291%	272	62.79803%	2.40
柏	1300	93.731637%	2051	98.35433%	1.05
拜	449	74.812543%	1723	97.03065%	1.30
敗	397	72.123237%	1165	92.58991%	1.28
班	1572	95.697657%	849	87.65181%	0.92
般	2167	97.940906%	423	73.27186%	0.75
半	987	89.915972%	413	72.71057%	0.81
辦	2125	97.839608%	414	72.76722%	0.74
邦	2065	97.684360%	1383	94.73954%	0.97

字　種	漢書序號	漢書累積覆蓋率	現代漢語序號	現代漢語累積覆蓋率	差　值
榜	2531	98.628184%	2378	99.19335%	1.01
傍	2462	98.523523%	2761	99.80357%	1.01
包	1920	97.246650%	483	76.29825%	0.78
剝	2464	98.526762%	1180	92.76307%	0.94
雹	2001	97.502573%	2847	99.90026%	1.02
保	704	83.958355%	268	62.44828%	0.74
飽	2362	98.352700%	1418	95.03353%	0.97
寶	747	85.073749%	1135	92.22818%	1.08
抱	1640	96.075312%	1446	95.25694%	0.99
豹	1268	93.431358%	2946	99.99818%	1.07
報	530	78.286813%	338	67.93988%	0.87
暴	616	81.369972%	1126	92.11720%	1.13
卑	933	88.999559%	2328	99.08683%	1.11
杯	2834	98.995372%	1713	96.97892%	0.98
悲	1283	93.574271%	1514	95.75978%	1.02
北	133	47.866521%	270	62.62347%	1.31
貝	1853	97.012906%	1458	95.34922%	0.98
背	807	86.492787%	879	88.24477%	1.02
倍	1486	95.162512%	890	88.45560%	0.93
被	557	79.316360%	249	60.71316%	0.77
備	519	77.854460%	412	72.65379%	0.93
輩	1686	96.309679%	1641	96.58284%	1.00
奔	1167	92.366924%	1472	95.45481%	1.03
本	357	69.751154%	102	41.06534%	0.59
崩	494	76.825536%	2233	98.86453%	1.29
鼻	2478	98.548941%	1832	97.54912%	0.99
比	482	76.310825%	151	49.34589%	0.65
彼	1046	90.805596%	1635	96.54789%	1.06
筆	1947	97.334990%	916	88.93717%	0.91
鄙	1678	96.269932%	2783	99.82939%	1.04
必	258	62.427827%	252	60.99833%	0.98
陛	277	64.007471%	2826	99.87755%	1.56
畢	932	88.981617%	1277	93.77981%	1.05
閉	1287	93.611900%	1172	92.67127%	0.99
辟	610	81.174977%	1669	96.74183%	1.19

字 種	漢書序號	漢書累積覆蓋率	現代漢語序號	現代漢語累積覆蓋率	差 值
幣	1236	93.113635%	1272	93.73108%	1.01
弊	1922	97.253378%	2386	99.20976%	1.02
碧	2710	98.861555%	1508	95.71700%	0.97
蔽	1367	94.298555%	2226	98.84695%	1.05
壁	1221	92.958636%	1133	92.20356%	0.99
避	966	89.571211%	1085	91.58935%	1.02
臂	2169	97.945641%	1556	96.04957%	0.98
編	2089	97.747531%	924	89.08179%	0.91
邊	467	75.646473%	216	57.39145%	0.76
鞭	2260	98.150229%	2302	99.02884%	1.01
扁	2497	98.577349%	2522	99.46342%	1.01
貶	1275	93.498516%	2788	99.83513%	1.07
便	651	82.464185%	420	73.10563%	0.89
辨	2459	98.518663%	2014	98.23552%	1.00
辯	1303	93.758550%	1217	93.17042%	0.99
變	386	71.494270%	162	50.90486%	0.71
彪	2544	98.646999%	1219	93.19149%	0.94
表	999	90.106605%	131	46.22692%	0.51
別	918	88.729183%	232	59.04351%	0.67
賓	707	84.038969%	1597	96.31717%	1.15
濱	2770	98.928838%	1988	98.14887%	0.99
冰	1727	96.502182%	1261	93.62260%	0.97
兵	63	33.911880%	590	80.68167%	2.38
丙	521	77.933580%	1581	96.21449%	1.23
秉	1144	92.097545%	2556	99.51968%	1.08
柄	1847	96.991101%	1970	98.08720%	1.01
炳	2843	99.004343%	2213	98.81406%	1.00
并	603	80.944098%	184	53.74163%	0.66
病	315	66.918685%	506	77.33429%	1.16
波	1384	94.432248%	572	80.00912%	0.85
撥	2606	98.731974%	1495	95.62345%	0.97
播	2397	98.415248%	1374	94.66215%	0.96
伯	360	69.938922%	850	87.67199%	1.25
勃	733	84.720391%	1719	97.01003%	1.15
博	279	64.169572%	1501	95.66677%	1.49

字　種	漢書序號	漢書累積覆蓋率	現代漢語序號	現代漢語累積覆蓋率	差　值
搏	2092	97.755381%	2659	99.67362%	1.02
薄	680	83.301852%	893	88.51224%	1.06
捕	591	80.540902%	1124	92.09238%	1.14
補	1020	90.427942%	896	88.56847%	0.98
不	4	6.140277%	5	8.71545%	1.42
布	385	71.436457%	391	71.42603%	1.00
步	969	89.621299%	365	69.77785%	0.78
怖	2654	98.793027%	2667	99.68446%	1.01
部	697	83.768967%	70	34.23051%	0.41
猜	2841	99.002350%	2254	98.91613%	1.00
材	596	80.710478%	551	79.19774%	0.98
財	641	82.160666%	624	81.86472%	1.00
裁	1932	97.286397%	1368	94.61036%	0.97
采	939	89.106090%	309	65.80775%	0.74
菜	2560	98.668928%	769	85.90035%	0.87
蔡	867	87.756826%	2022	98.26167%	1.12
參	571	79.833937%	482	76.25141%	0.96
餐	2087	97.742298%	2196	98.77036%	1.01
殘	1270	93.450546%	1141	92.30163%	0.99
蠶	1788	96.763836%	2303	99.03112%	1.02
慘	2479	98.550436%	1972	98.09415%	1.00
倉	902	88.435383%	1486	95.55804%	1.08
蒼	1110	91.672045%	1987	98.14550%	1.07
藏	1609	95.908102%	908	88.79092%	0.93
操	1547	95.549013%	909	88.80923%	0.93
曹	599	80.811028%	1807	97.43788%	1.21
草	813	86.625982%	668	83.24526%	0.96
冊	1838	96.957460%	1849	97.62228%	1.01
側	1650	96.127642%	1017	90.63116%	0.94
測	2118	97.822165%	710	84.42604%	0.86
策	535	78.481060%	651	82.72630%	1.05
察	701	83.877366%	747	85.37462%	1.02
差	1047	90.819800%	575	80.12292%	0.88
柴	2048	97.637761%	1311	94.10418%	0.96
昌	309	66.483093%	1194	92.92082%	1.40

字 種	漢書序號	漢書累積覆蓋率	現代漢語序號	現代漢語累積覆蓋率	差 值
長	59	32.878969%	86	37.84616%	1.15
常	166	52.622647%	199	55.51005%	1.05
嘗	472	75.869502%	2045	98.33549%	1.30
償	1909	97.209645%	1746	97.14708%	1.00
場	2439	98.486268%	321	66.71189%	0.68
敞	718	84.331274%	2649	99.65992%	1.18
倡	1602	95.868854%	1750	97.16693%	1.01
暢	2609	98.736086%	2028	98.28113%	1.00
超	1846	96.987363%	679	83.57180%	0.86
巢	1719	96.465426%	2827	99.87864%	1.04
朝	214	58.254816%	545	78.96158%	1.36
車	183	54.742794%	323	66.85843%	1.22
徹	1990	97.469679%	1020	90.67586%	0.93
臣	41	27.303367%	1220	93.20201%	3.41
辰	551	79.091088%	2523	99.46511%	1.26
陳	205	57.276105%	715	84.55965%	1.48
晨	1418	94.689915%	1640	96.57705%	1.02
塵	2255	98.139639%	1137	92.25272%	0.94
稱	241	60.924437%	431	73.71171%	1.21
成	87	39.441132%	34	23.76072%	0.60
承	517	77.775092%	670	83.30537%	1.07
城	145	49.700344%	615	81.56379%	1.64
乘	320	67.272417%	1211	93.10639%	1.38
程	1453	94.939982%	189	54.34524%	0.57
誠	572	79.870444%	1507	95.70984%	1.20
懲	1894	97.158311%	1885	97.77029%	1.01
池	962	89.503804%	1119	92.02969%	1.03
持	477	76.090787%	387	71.18042%	0.94
馳	754	85.247562%	2116	98.54981%	1.16
遲	1722	96.479256%	1659	96.68569%	1.00
尺	928	88.909849%	1076	91.46872%	1.03
齒	1329	93.986190%	1183	92.79721%	0.99
斥	1374	94.354001%	1756	97.19649%	1.03
赤	785	85.991034%	1467	95.41741%	1.11
充	588	80.437486%	589	80.64503%	1.00

字　種	漢書序號	漢書累積覆蓋率	現代漢語序號	現代漢語累積覆蓋率	差　值
崇	775	85.756293%	1748	97.15703%	1.13
蟲	1342	94.094838%	1010	90.52632%	0.96
寵	769	85.612632%	2794	99.84196%	1.17
仇	1376	94.369700%	1974	98.10107%	1.04
愁	1555	95.597357%	2177	98.72033%	1.03
疇	1925	97.263471%	2382	99.20157%	1.02
籌	1903	97.189460%	1686	96.83561%	1.00
醜	2109	97.799737%	2162	98.67969%	1.01
出	77	37.270274%	30	22.30581%	0.60
初	225	59.383169%	645	82.53948%	1.39
除	457	75.188827%	435	73.92777%	0.98
楚	162	52.097221%	1113	91.95368%	1.77
儲	2029	97.584309%	1540	95.94172%	0.98
處	500	77.077597%	261	61.82650%	0.80
觸	1672	96.240029%	926	89.11766%	0.93
川	480	76.223233%	983	90.09890%	1.18
穿	1243	93.184531%	864	87.95107%	0.94
船	1080	91.275826%	621	81.76506%	0.90
傳	160	51.829461%	349	68.70526%	1.33
創	1541	95.512381%	646	82.57075%	0.86
吹	2197	98.010930%	1161	92.54265%	0.94
炊	2820	98.981418%	2795	99.84309%	1.01
垂	1095	91.476552%	910	88.82754%	0.97
春	232	60.073438%	627	81.96379%	1.36
純	1636	96.054379%	1355	94.49774%	0.98
醇	2285	98.203183%	1914	97.88304%	1.00
慈	1765	96.668519%	2419	99.27577%	1.03
雌	2182	97.976416%	2281	98.98043%	1.01
辭	531	78.325687%	1731	97.07156%	1.24
此	89	39.858283%	155	49.92366%	1.25
次	484	76.397670%	202	55.85062%	0.73
刺	724	84.488640%	1280	93.80897%	1.11
賜	185	54.981522%	2420	99.27771%	1.81
從	90	40.066360%	100	40.68229%	1.02
蔥	2324	98.281679%	1982	98.12850%	1.00

字 種	漢書序號	漢書累積覆蓋率	現代漢語序號	現代漢語累積覆蓋率	差 值
聰	1514	95.344424%	2401	99.24019%	1.04
叢	2253	98.135402%	1955	98.03427%	1.00
促	2823	98.984408%	894	88.53099%	0.89
篡	911	88.601346%	2079	98.44022%	1.11
竄	2751	98.907531%	2875	99.92952%	1.01
崔	1988	97.463699%	2934	99.98708%	1.03
摧	2023	97.567114%	2090	98.47320%	1.01
翠	2049	97.640502%	2209	98.80389%	1.01
存	855	87.514484%	450	74.70394%	0.85
寸	1135	91.987899%	1233	93.33766%	1.01
挫	2792	98.953508%	2356	99.14719%	1.00
錯	675	83.161555%	721	84.71760%	1.02
答	1937	97.302594%	866	87.99067%	0.90
達	1253	93.284707%	332	67.51114%	0.72
大	14	14.427613%	12	13.71833%	0.95
代	293	65.283970%	180	53.24577%	0.82
待	642	82.191441%	761	85.71221%	1.04
帶	1220	92.948170%	319	66.56381%	0.72
逮	1153	92.204574%	1837	97.57081%	1.06
貸	1493	95.208738%	1662	96.70259%	1.02
戴	1009	90.261604%	1462	95.37971%	1.06
丹	646	82.313546%	1456	95.33393%	1.16
單	217	58.570421%	312	66.03677%	1.13
旦	687	83.495351%	1721	97.02035%	1.16
但	1325	93.951925%	153	49.63656%	0.53
誕	2513	98.601271%	2468	99.36843%	1.01
彈	2624	98.755647%	774	86.01679%	0.87
當	138	48.640021%	96	39.90015%	0.82
黨	803	86.403202%	188	54.22553%	0.63
蕩	1720	96.470036%	1255	93.56249%	0.97
刀	1177	92.480930%	1042	90.99547%	0.98
倒	2374	98.375127%	695	84.01857%	0.85
導	1631	96.027840%	280	63.47893%	0.66
蹈	2153	97.907763%	2728	99.76332%	1.02
到	1108	91.646378%	27	21.15951%	0.23

字 種	漢書序號	漢書累積覆蓋率	現代漢語序號	現代漢語累積覆蓋率	差 值
悼	880	88.013496%	2392	99.22200%	1.13
盜	466	75.601493%	1801	97.41048%	1.29
道	93	40.683366%	159	50.48927%	1.24
稻	2142	97.881722%	1243	93.44069%	0.95
得	53	31.157907%	63	32.48241%	1.04
德	139	48.794273%	503	77.20283%	1.58
登	684	83.412743%	1263	93.64246%	1.12
等	176	53.890549%	69	33.98840%	0.63
鄧	1487	95.169116%	1570	96.14238%	1.01
低	2680	98.825422%	386	71.11850%	0.72
滌	2610	98.737456%	1977	98.11139%	0.99
敵	1081	91.289282%	700	84.15536%	0.92
底	1979	97.436038%	500	77.07099%	0.79
抵	1219	92.937704%	1223	93.23343%	1.00
地	107	43.398963%	21	18.47518%	0.43
弟	203	57.053574%	1125	92.10480%	1.61
帝	31	23.475366%	666	83.18500%	3.54
第	350	69.304099%	157	50.20712%	0.72
滇	1869	97.070719%	2796	99.84422%	1.03
典	820	86.778862%	1093	91.69499%	1.06
殿	685	83.440279%	2015	98.23880%	1.18
電	1826	96.912605%	73	34.94755%	0.36
雕	2028	97.581443%	1745	97.14210%	1.00
掉	2780	98.940051%	955	89.62769%	0.91
調	1142	92.073373%	504	77.24671%	0.84
迭	1854	97.016519%	2374	99.18509%	1.02
丁	418	73.257321%	1075	91.45524%	1.25
鼎	570	79.797430%	2317	99.06258%	1.24
定	144	49.552073%	57	30.88640%	0.62
冬	488	76.570112%	1142	92.31381%	1.21
東	61	33.400284%	279	63.39469%	1.90
董	668	82.962449%	1915	97.88684%	1.18
洞	2473	98.541340%	1321	94.19653%	0.96
凍	2356	98.341486%	1687	96.84106%	0.98
動	514	77.655105%	40	25.77173%	0.33

字　種	漢書序號	漢書累積覆蓋率	現代漢語序號	現代漢語累積覆蓋率	差　值
都	115	44.872574%	80	36.54142%	0.81
兜	2230	98.084940%	2805	99.85434%	1.02
豆	2223	98.069241%	1100	91.78637%	0.94
督	1441	94.856003%	917	88.95534%	0.94
毒	1365	94.282606%	1049	91.09522%	0.97
獨	345	68.976658%	671	83.33535%	1.21
讀	1551	95.573434%	848	87.63160%	0.92
杜	670	83.019639%	1505	95.69551%	1.15
度	286	64.731256%	71	34.47230%	0.53
渡	1458	94.974370%	1454	95.31860%	1.00
端	1074	91.194339%	659	82.97287%	0.91
短	1156	92.239710%	732	85.00106%	0.92
段	2188	97.990620%	372	70.23398%	0.72
斷	1000	90.122305%	401	72.02001%	0.80
隊	1457	94.967517%	262	61.91660%	0.65
對	453	75.001557%	33	23.40441%	0.31
敦	1279	93.536394%	2137	98.61002%	1.05
盾	1889	97.140867%	833	87.32320%	0.90
頓	978	89.769819%	1134	92.21588%	1.03
多	197	56.377759%	56	30.61102%	0.54
奪	953	89.350176%	1393	94.82506%	1.06
惡	402	72.400964%	1036	90.90944%	1.26
鄂	2198	98.013172%	2311	99.04915%	1.01
餓	1777	96.718981%	2037	98.31005%	1.02
恩	544	78.826444%	1179	92.75166%	1.18
而	11	12.152343%	53	29.75994%	2.45
兒	870	87.816508%	394	71.60691%	0.82
耳	389	71.666712%	1218	93.18097%	1.30
爾	1148	92.145515%	509	77.46498%	0.84
二	18	17.122776%	82	36.98130%	2.16
發	178	54.136628%	38	25.11973%	0.46
乏	1134	91.975564%	1478	95.49924%	1.04
伐	563	79.539638%	1550	96.00938%	1.21
罰	728	84.592056%	1409	94.95953%	1.12
法	159	51.694896%	59	31.42838%	0.61

字 種	漢書序號	漢書累積覆蓋率	現代漢語序號	現代漢語累積覆蓋率	差 值
番	1368	94.306529%	1757	97.20139%	1.03
藩	1259	93.343766%	2320	99.06924%	1.06
凡	429	73.822868%	1175	92.70587%	1.26
煩	1066	91.084818%	1908	97.86011%	1.07
繁	2326	98.285417%	1066	91.33270%	0.93
反	212	58.042378%	143	48.15417%	0.83
犯	703	83.931442%	603	81.14980%	0.97
泛	2367	98.362045%	1082	91.54931%	0.93
販	2394	98.410015%	2525	99.46848%	1.01
飯	2042	97.621314%	995	90.29470%	0.92
範	1949	97.341469%	606	81.25505%	0.83
方	130	47.398908%	54	30.04561%	0.63
芳	2269	98.169293%	1251	93.52203%	0.95
防	1324	93.943328%	530	78.35712%	0.83
妨	2201	98.019901%	2047	98.34178%	1.00
房	559	79.390994%	696	84.04596%	1.06
放	778	85.827438%	246	60.42427%	0.70
妃	1351	94.168849%	2156	98.66318%	1.05
非	155	51.145921%	398	71.84386%	1.40
飛	1050	90.862038%	636	82.25578%	0.91
肥	1375	94.361850%	817	86.98235%	0.92
匪	1964	97.389314%	2322	99.07365%	1.02
沸	2155	97.912498%	1782	97.32205%	0.99
費	907	88.527958%	576	80.16071%	0.91
廢	394	71.952788%	1189	92.86501%	1.29
分	239	60.738164%	32	23.04701%	0.38
芬	2528	98.623699%	2180	98.72834%	1.00
紛	1310	93.821098%	1163	92.56633%	0.99
焚	1982	97.445383%	2752	99.79278%	1.02
墳	1752	96.613073%	2670	99.68849%	1.03
忿	1910	97.213009%	2729	99.76456%	1.03
憤	1744	96.578186%	1601	96.34229%	1.00
奮	1151	92.181025%	1115	91.97907%	1.00
封	57	32.339089%	556	79.39306%	2.46
風	313	66.774153%	313	66.11256%	0.99

字　種	漢書序號	漢書累積覆蓋率	現代漢語序號	現代漢語累積覆蓋率	差　值
鋒	1994	97.481641%	1327	94.25106%	0.97
豐	772	85.684774%	855	87.77214%	1.02
逢	1155	92.227998%	2181	98.73100%	1.07
馮	711	84.145749%	1941	97.98383%	1.16
諷	2825	98.986401%	2746	99.78553%	1.01
奉	243	61.108841%	1759	97.21118%	1.59
鳳	470	75.780664%	1639	96.57124%	1.27
否	2066	97.687101%	687	83.79832%	0.86
夫	52	30.850027%	617	81.63122%	2.65
敷	2781	98.941173%	2730	99.76581%	1.01
膚	1995	97.484631%	2434	99.30479%	1.02
弗	743	84.973822%	2607	99.59940%	1.17
伏	473	75.913858%	1274	93.75059%	1.23
扶	821	86.800418%	1766	97.24529%	1.12
拂	2273	98.177765%	2885	99.93960%	1.02
服	317	67.060602%	586	80.53455%	1.20
浮	1213	92.874533%	1150	92.41085%	1.00
符	750	85.148507%	1000	90.37426%	1.06
福	609	81.142332%	881	88.28331%	1.09
輻	2302	98.237821%	2188	98.74949%	1.01
甫	1732	96.524609%	2336	99.10427%	1.03
府	372	70.670184%	438	74.08764%	1.05
俯	2524	98.617718%	2608	99.60089%	1.01
腐	2101	97.778930%	1207	93.06325%	0.95
輔	406	72.619383%	1688	96.84650%	1.33
撫	1464	95.015238%	1555	96.04290%	1.01
父	181	54.502321%	821	87.06878%	1.60
付	1872	97.081559%	1149	92.39877%	0.95
附	826	86.907696%	808	86.78606%	1.00
負	897	88.341436%	604	81.18510%	0.92
赴	1852	97.009292%	1906	97.85245%	1.01
副	1317	93.882774%	664	83.12463%	0.89
婦	787	86.037509%	1144	92.33813%	1.07
傅	343	68.843713%	1920	97.90580%	1.42
富	495	76.867775%	626	81.93079%	1.07

字 種	漢書序號	漢書累積覆蓋率	現代漢語序號	現代漢語累積覆蓋率	差 值
腹	1617	95.952209%	1921	97.90957%	1.02
賦	522	77.973077%	1758	97.20629%	1.25
縛	1593	95.818267%	2333	99.09775%	1.03
覆	990	89.964066%	1774	97.28383%	1.08
改	566	79.650654%	304	65.42265%	0.82
溉	1746	96.586908%	2151	98.64934%	1.02
蓋	556	79.278856%	1349	94.44557%	1.19
甘	558	79.353739%	1290	93.90556%	1.18
肝	2601	98.725121%	2291	99.00369%	1.00
敢	334	68.239665%	1019	90.66099%	1.33
感	1130	91.925974%	425	73.38223%	0.80
幹	2130	97.852068%	250	60.80850%	0.62
剛	1262	93.373171%	830	87.26010%	0.93
綱	1522	95.394637%	1338	94.34927%	0.99
高	103	42.643156%	79	36.32079%	0.85
膏	1896	97.165288%	2445	99.32566%	1.02
告	382	71.262394%	536	78.60158%	1.10
戈	1954	97.357666%	2004	98.20249%	1.01
割	1504	95.280630%	1127	92.12956%	0.97
歌	726	84.540473%	827	87.19663%	1.03
閣	2217	98.055785%	2214	98.81659%	1.01
革	1238	93.134069%	196	55.16641%	0.59
格	1607	95.896888%	464	75.39489%	0.79
葛	1885	97.126912%	2478	99.38662%	1.02
隔	2033	97.595772%	1158	92.50688%	0.95
閣	1806	96.835604%	2030	98.28759%	1.01
各	307	66.336816%	136	47.05218%	0.71
給	631	81.849297%	260	61.73622%	0.75
根	985	89.883701%	237	59.54356%	0.66
更	260	62.597528%	311	65.96097%	1.05
庚	943	89.176612%	2899	99.95344%	1.12
耕	1185	92.570516%	1169	92.63654%	1.00
耿	2210	98.040085%	2521	99.46174%	1.01
工	1054	90.918356%	42	26.42013%	0.29
弓	1240	93.154254%	1827	97.52729%	1.05

字 種	漢書序號	漢書累積覆蓋率	現代漢語序號	現代漢語累積覆蓋率	差 值
公	33	24.299577%	171	52.09911%	2.14
功	161	51.963902%	631	82.09444%	1.58
攻	405	72.565183%	831	87.28114%	1.20
供	1699	96.372227%	553	79.27605%	0.82
宮	196	56.264251%	1343	94.39321%	1.68
恭	793	86.176061%	2552	99.51320%	1.15
躬	801	86.358222%	2859	99.91297%	1.16
拱	2313	98.259750%	2340	99.11293%	1.01
鞏	2633	98.766861%	1563	96.09610%	0.97
共	269	63.351217%	300	65.11047%	1.03
貢	840	87.204113%	1262	93.63254%	1.07
溝	1564	95.650809%	1375	94.67077%	0.99
狗	1267	93.421764%	1724	97.03580%	1.04
苟	1131	91.938434%	2900	99.95442%	1.09
購	2297	98.227853%	1116	91.99176%	0.94
姑	1138	92.024780%	1205	93.04161%	1.01
孤	972	89.671138%	1783	97.32678%	1.09
辜	968	89.604603%	2743	99.78187%	1.11
古	332	68.103356%	652	82.75733%	1.22
股	1668	96.219844%	1287	93.87679%	0.98
骨	829	86.971614%	1122	92.06748%	1.06
鼓	851	87.432375%	1377	94.68799%	1.08
穀	536	78.519810%	1155	92.47102%	1.18
固	542	78.750190%	569	79.89496%	1.01
故	39	26.573476%	614	81.52997%	3.07
顧	878	87.974373%	954	89.61044%	1.02
瓜	2328	98.289155%	1579	96.20146%	0.98
寡	783	85.944435%	2640	99.64741%	1.16
怪	1051	90.876118%	1347	94.42813%	1.04
官	114	44.692531%	502	77.15893%	1.73
冠	624	81.627016%	1665	96.71942%	1.18
關	272	63.598543%	135	46.88894%	0.74
觀	523	78.012450%	380	70.74325%	0.91
管	1372	94.338301%	208	56.52135%	0.60
館	1152	92.192862%	1094	91.70810%	0.99

字 種	漢書序號	漢書累積覆蓋率	現代漢語序號	現代漢語累積覆蓋率	差 值
貫	1305	93.776492%	1128	92.14190%	0.98
灌	1082	91.302739%	1515	95.76689%	1.05
光	140	48.947901%	265	62.18410%	1.27
廣	191	55.690730%	367	69.90866%	1.26
規	1831	96.931295%	273	62.88404%	0.65
閨	2272	98.175647%	2909	99.96320%	1.02
龜	1184	92.559427%	2688	99.71227%	1.08
歸	216	58.465635%	1381	94.72238%	1.62
軌	1465	95.021966%	1275	93.76033%	0.99
鬼	1008	90.246279%	1423	95.07423%	1.05
詭	1581	95.749490%	2773	99.81778%	1.04
桂	1764	96.664283%	1520	95.80231%	0.99
貴	329	67.898020%	845	87.57079%	1.29
跪	2184	97.981151%	2697	99.72397%	1.02
郭	876	87.935000%	1270	93.71156%	1.07
國	30	23.052234%	16	15.97619%	0.69
果	991	89.980015%	192	54.70120%	0.61
過	198	56.491142%	46	27.67427%	0.49
海	247	61.472291%	277	63.22605%	1.03
亥	873	87.875941%	2163	98.68243%	1.12
害	437	74.227310%	583	80.42326%	1.08
含	2400	98.420481%	523	78.06441%	0.79
函	1598	95.846426%	1069	91.37378%	0.95
寒	804	86.425629%	1449	95.28018%	1.10
韓	342	68.777178%	1704	96.93192%	1.41
罕	2404	98.427458%	2547	99.50504%	1.01
汗	1870	97.074332%	1234	93.34804%	0.96
旱	948	89.263830%	1694	96.87895%	1.09
漢	43	28.001236%	629	82.02924%	2.93
翰	2279	98.190474%	2747	99.78674%	1.02
豪	732	84.694849%	1717	96.99967%	1.15
好	409	72.781235%	107	42.00757%	0.58
浩	2015	97.544188%	1930	97.94328%	1.00
耗	1969	97.404889%	1057	91.20802%	0.94
號	383	71.320581%	443	74.35031%	1.04

字 種	漢書序號	漢書累積覆蓋率	現代漢語序號	現代漢語累積覆蓋率	差 值
呵	2827	98.988395%	1533	95.89350%	0.97
禾	1844	96.979888%	2671	99.68982%	1.03
合	349	69.239434%	111	42.74203%	0.62
何	135	48.176893%	434	73.87402%	1.53
和	336	68.375227%	8	11.16425%	0.16
河	172	53.391537%	554	79.31515%	1.49
荷	2489	98.565387%	1031	90.83733%	0.92
賀	598	80.777512%	1237	93.37907%	1.16
褐	2838	98.999360%	2234	98.86703%	1.00
赫	1383	94.424523%	1494	95.61621%	1.01
鶴	2393	98.408270%	2863	99.91714%	1.02
黑	1157	92.251422%	602	81.11445%	0.88
恨	1093	91.449888%	1622	96.47084%	1.05
橫	835	87.098828%	1348	94.43685%	1.08
衡	499	77.035732%	944	89.43628%	1.16
宏	1417	94.682564%	2061	98.38537%	1.04
洪	1408	94.615281%	1236	93.36875%	0.99
紅	1448	94.905094%	491	76.66780%	0.81
虹	2713	98.864919%	2731	99.76705%	1.01
鴻	716	84.278570%	1720	97.01519%	1.15
侯	12	12.921606%	2075	98.42815%	7.62
厚	479	76.179126%	942	89.40123%	1.17
後	42	27.659466%	55	30.32999%	1.10
候	852	87.452933%	451	74.75404%	0.85
乎	261	62.682379%	840	87.46865%	1.40
呼	822	86.821973%	936	89.29564%	1.03
忽	1187	92.592694%	1101	91.79933%	0.99
弧	2340	98.311583%	1436	95.17871%	0.97
胡	408	72.727409%	971	89.89886%	1.24
壺	1834	96.942508%	2256	98.92095%	1.02
湖	1251	93.264896%	772	85.97034%	0.92
虎	879	87.993935%	1475	95.47708%	1.09
互	2655	98.794273%	644	82.50818%	0.84
戶	170	53.137234%	1037	90.92380%	1.71
護	590	80.506513%	594	80.82750%	1.00

字　種	漢書序號	漢書累積覆蓋率	現代漢語序號	現代漢語累積覆蓋率	差　值
華	830	86.992920%	344	68.36178%	0.79
滑	2463	98.525142%	993	90.26233%	0.92
化	512	77.574117%	78	36.09941%	0.47
畫	1128	91.901055%	630	82.06185%	0.89
淮	352	69.433307%	1997	98.17914%	1.41
槐	1939	97.309073%	2830	99.88190%	1.03
懷	620	81.499054%	998	90.34295%	1.11
壞	888	88.169368%	650	82.69523%	0.94
歡	2193	98.001959%	824	87.13285%	0.89
還	284	64.572270%	97	40.09914%	0.62
環	1786	96.755862%	676	83.48391%	0.86
緩	1306	93.785463%	1191	92.88741%	0.99
宦	1252	93.274864%	2530	99.47689%	1.07
患	777	85.803764%	1714	96.98411%	1.13
荒	1222	92.969102%	1528	95.85860%	1.03
皇	100	42.067268%	892	88.49346%	2.10
黃	244	61.200544%	514	77.68113%	1.27
惶	1923	97.256743%	2777	99.82246%	1.03
煌	1484	95.149305%	2789	99.83627%	1.05
恢	1198	92.713304%	1213	93.12788%	1.00
回	1345	94.119509%	255	61.27867%	0.65
悔	1369	94.314503%	2537	99.48858%	1.05
惠	366	70.307356%	1971	98.09068%	1.40
會	259	62.512678%	35	24.11687%	0.39
毀	2690	98.837882%	1447	95.26473%	0.96
慧	2701	98.851463%	2168	98.69611%	1.00
昏	1506	95.293588%	1949	98.01275%	1.03
婚	1773	96.702409%	1195	92.93192%	0.96
渾	1591	95.806805%	2094	98.48510%	1.03
魂	2035	97.601503%	2087	98.46424%	1.01
混	2716	98.868283%	730	84.95015%	0.86
活	1999	97.496592%	205	56.18817%	0.58
火	508	77.410520%	484	76.34510%	0.99
或	322	67.413212%	152	49.49157%	0.73
貨	1115	91.736213%	773	85.99361%	0.94

字 種	漢書序號	漢書累積覆蓋率	現代漢語序號	現代漢語累積覆蓋率	差 值
惑	942	89.159043%	2393	99.22404%	1.11
禍	721	84.410144%	2038	98.31324%	1.16
獲	633	81.912343%	809	86.80794%	1.06
霍	688	83.522763%	1984	98.13531%	1.17
肌	2536	98.635660%	1809	97.44694%	0.99
迹	1123	91.837884%	1044	91.02402%	0.99
姬	811	86.581625%	2739	99.77695%	1.15
基	1605	95.885675%	214	57.17847%	0.60
機	1557	95.609318%	95	39.70016%	0.42
激	1790	96.771810%	756	85.59309%	0.88
積	644	82.252618%	334	67.65437%	0.82
擊	158	51.559584%	605	81.22011%	1.58
績	2071	97.700433%	1305	94.04795%	0.96
饑	1712	96.433155%	2064	98.39461%	1.02
及	74	36.573900%	207	56.41062%	1.54
吉	489	76.612849%	1571	96.14897%	1.25
即	2424	98.461972%	267	62.36044%	0.63
亟	1733	96.529095%	2689	99.71358%	1.03
急	602	80.910955%	802	86.65356%	1.07
級	836	87.120010%	220	57.81218%	0.66
疾	448	74.764823%	1788	97.35024%	1.30
極	552	79.128716%	293	64.54878%	0.82
集	1053	90.904277%	361	69.51447%	0.76
輯	1675	96.254981%	1743	97.13210%	1.01
己	586	80.368085%	306	65.57691%	0.82
幾	810	86.559447%	242	60.03705%	0.69
忌	1036	90.662807%	2598	99.58587%	1.10
技	1580	95.743758%	411	72.59694%	0.76
季	661	82.759978%	968	89.84830%	1.09
紀	605	81.010384%	688	83.82602%	1.03
計	371	70.609879%	231	58.94225%	0.83
記	837	87.141191%	370	70.10412%	0.80
寄	1353	94.185296%	1451	95.29556%	1.01
祭	696	83.741680%	2446	99.32754%	1.19
際	1611	95.919316%	396	71.72590%	0.75

字 種	漢書序號	漢書累積覆蓋率	現代漢語序號	現代漢語累積覆蓋率	差 值
冀	1371	94.330452%	2637	99.64318%	1.06
濟	580	80.158263%	288	64.14106%	0.80
繼	761	85.419133%	607	81.28975%	0.95
加	462	75.420453%	90	38.68129%	0.51
夾	1917	97.236558%	1361	94.54979%	0.97
家	112	44.329206%	72	34.71014%	0.78
嘉	381	71.204083%	2103	98.51174%	1.38
甲	424	73.567443%	766	85.83026%	1.17
賈	564	79.576768%	2479	99.38843%	1.25
假	860	87.616031%	863	87.93127%	1.00
嫁	1451	94.926027%	2367	99.17046%	1.04
稼	1963	97.386199%	2298	99.01973%	1.02
駕	1199	92.724144%	1962	98.05917%	1.06
奸	2206	98.031114%	2124	98.57292%	1.01
肩	2334	98.300369%	1607	96.37964%	0.98
兼	1022	90.457845%	1491	95.59445%	1.06
堅	1076	91.221501%	610	81.39323%	0.89
間	314	66.846668%	132	46.39390%	0.69
監	893	88.265307%	1123	92.07995%	1.04
艱	2620	98.750663%	1457	95.34159%	0.97
儉	1250	93.254928%	2565	99.53420%	1.07
檢	2826	98.987398%	639	82.35098%	0.83
簡	1352	94.177073%	662	83.06420%	0.88
見	82	38.377943%	230	58.84083%	1.53
建	213	58.149033%	169	51.83806%	0.89
健	2429	98.470070%	1285	93.85750%	0.95
漸	1264	93.392608%	822	87.09017%	0.93
劍	1084	91.329652%	1978	98.11482%	1.07
箭	2676	98.820438%	2009	98.21905%	0.99
賤	958	89.436023%	2614	99.60980%	1.11
踐	1652	96.138109%	900	88.64312%	0.92
薦	831	87.014102%	2396	99.23013%	1.14
江	370	70.549574%	459	75.15030%	1.07
僵	2311	98.255763%	2497	99.42028%	1.01
疆	1606	95.891281%	1661	96.69697%	1.01

字 種	漢書序號	漢書累積覆蓋率	現代漢語序號	現代漢語累積覆蓋率	差 值
講	1490	95.188927%	511	77.55177%	0.81
匠	1901	97.182732%	2379	99.19541%	1.02
降	308	66.410079%	577	80.19847%	1.21
將	24	20.336637%	228	58.63728%	2.88
交	692	83.632408%	295	64.71098%	0.77
郊	665	82.875978%	2055	98.36679%	1.19
椒	1867	97.063492%	2216	98.82166%	1.02
焦	2263	98.156584%	1410	94.96780%	0.97
膠	854	87.494050%	949	89.52366%	1.02
驕	906	88.509518%	2464	99.36109%	1.12
狡	2325	98.283548%	2740	99.77818%	1.02
皆	50	30.232897%	1612	96.41042%	3.19
接	979	89.786141%	225	58.33043%	0.65
階	1916	97.233194%	289	64.22300%	0.66
揭	1800	96.811681%	1139	92.27720%	0.95
街	1905	97.196188%	1204	93.03075%	0.96
劫	1332	94.011607%	2211	98.80898%	1.05
捷	1898	97.172266%	2183	98.73631%	1.02
結	898	88.360375%	165	51.30937%	0.58
節	276	63.926109%	353	68.97854%	1.08
竭	1281	93.555332%	2131	98.59296%	1.05
解	504	77.244682%	166	51.44256%	0.67
介	1176	92.469592%	852	87.71217%	0.95
戒	705	83.985268%	2299	99.02201%	1.18
界	1143	92.085459%	374	70.36273%	0.76
借	2192	97.999716%	1352	94.47167%	0.96
今	91	40.272818%	360	69.44833%	1.72
斤	875	87.915314%	813	86.89541%	0.99
金	190	55.573359%	285	63.89456%	1.15
津	1684	96.299836%	1242	93.43048%	0.97
僅	2783	98.943415%	574	80.08506%	0.81
盡	325	67.622037%	665	83.15482%	1.23
錦	1998	97.493602%	1862	97.67682%	1.00
謹	842	87.245728%	2653	99.66541%	1.14
近	464	75.511285%	405	72.25370%	0.96

字 種	漢書序號	漢書累積覆蓋率	現代漢語序號	現代漢語累積覆蓋率	差 值
勁	2295	98.223866%	1568	96.12918%	0.98
浸	1858	97.030972%	1656	96.66875%	1.00
進	333	68.171511%	68	33.74115%	0.49
禁	593	80.609555%	1188	92.85375%	1.15
京	354	69.561393%	477	76.01581%	1.09
荊	1159	92.274722%	2601	99.59040%	1.08
莖	2490	98.566883%	1823	97.50965%	0.99
經	368	70.428590%	64	32.73776%	0.46
精	753	85.222892%	441	74.24630%	0.87
驚	970	89.637995%	1103	91.82522%	1.02
井	868	87.776762%	885	88.36016%	1.01
景	348	69.174518%	938	89.33094%	1.29
頸	1992	97.475660%	2223	98.83938%	1.01
警	2000	97.499583%	1145	92.35028%	0.95
徑	1423	94.726671%	653	82.78830%	0.87
竟	741	84.923609%	1009	90.51126%	1.07
敬	390	71.724027%	1470	95.43988%	1.33
靖	1257	93.324080%	2929	99.98236%	1.07
境	1440	94.848901%	750	85.44789%	0.90
靜	2168	97.943273%	895	88.54973%	0.90
競	2470	98.536481%	1602	96.34856%	0.98
究	1614	95.935763%	379	70.68016%	0.74
糾	2631	98.764369%	1617	96.44073%	0.98
九	106	43.211195%	243	60.13429%	1.39
久	395	72.009729%	768	85.87701%	1.19
酒	426	73.669987%	789	86.36081%	1.17
救	715	84.252155%	1178	92.74025%	1.10
就	532	78.364562%	31	22.67694%	0.29
舅	1038	90.691714%	2507	99.43774%	1.10
舊	856	87.534918%	771	85.94702%	0.98
居	165	52.492568%	932	89.22466%	1.70
拘	1645	96.101477%	2088	98.46724%	1.02
矩	2458	98.517044%	1513	95.75268%	0.97
舉	253	61.999586%	531	78.39843%	1.26
句	1140	92.049201%	854	87.75218%	0.95

字 種	漢書序號	漢書累積覆蓋率	現代漢語序號	現代漢語累積覆蓋率	差 值
巨	2060	97.670655%	1168	92.62492%	0.95
具	576	80.015849%	327	67.15055%	0.84
俱	548	78.978078%	2276	98.96869%	1.25
距	967	89.587907%	741	85.22675%	0.95
聚	853	87.473492%	735	85.07695%	0.97
劇	1552	95.579415%	963	89.76385%	0.94
據	1124	91.850593%	259	61.64564%	0.67
懼	731	84.669182%	2460	99.35369%	1.17
捐	1357	94.217816%	2010	98.22236%	1.04
卷	476	76.046555%	975	89.96601%	1.18
倦	2064	97.681619%	2724	99.75833%	1.02
掘	1817	96.878341%	1615	96.42864%	1.00
絕	256	62.257129%	706	84.31824%	1.35
爵	319	67.201895%	2763	99.80595%	1.49
覺	1057	90.960221%	616	81.59759%	0.90
君	95	41.085566%	1118	92.01707%	2.24
均	1435	94.813391%	567	79.81846%	0.84
軍	37	25.832247%	174	52.48697%	2.03
鈞	1682	96.289868%	2714	99.74574%	1.04
俊	1446	94.891139%	2348	99.13013%	1.04
郡	116	45.052119%	2260	98.93055%	2.20
峻	2403	98.425714%	2469	99.37026%	1.01
駿	1463	95.008510%	2947	99.99909%	1.05
開	643	82.222092%	109	42.37702%	0.52
慨	2580	98.696339%	2212	98.81152%	1.00
堪	1274	93.488922%	2330	99.09121%	1.06
坎	2431	98.473310%	2675	99.69516%	1.01
康	419	73.309278%	1366	94.59308%	1.29
抗	1980	97.439153%	647	82.60193%	0.85
炕	2137	97.869512%	2421	99.27966%	1.01
考	658	82.671888%	648	82.63305%	1.00
苛	1277	93.517455%	2484	99.39735%	1.06
柯	1874	97.088536%	1510	95.73129%	0.99
科	1729	96.511153%	348	68.63675%	0.71
可	78	37.494300%	36	24.46360%	0.65

字　種	漢書序號	漢書累積覆蓋率	現代漢語序號	現代漢語累積覆蓋率	差　值
克	1109	91.659212%	433	73.82009%	0.81
刻	1063	91.043452%	754	85.54497%	0.94
客	446	74.668634%	702	84.20983%	1.13
課	1749	96.599991%	969	89.86517%	0.93
肯	833	87.056465%	1252	93.53216%	1.07
墾	2449	98.502466%	2224	98.84190%	1.00
空	618	81.434513%	357	69.24813%	0.85
孔	435	74.126636%	757	85.61703%	1.16
恐	358	69.813951%	1523	95.82349%	1.37
控	2663	98.804240%	682	83.65812%	0.85
口	438	74.277274%	278	63.31039%	0.85
寇	909	88.564715%	2681	99.70310%	1.13
枯	1774	96.706646%	1848	97.61804%	1.01
哭	1385	94.439973%	1469	95.43240%	1.01
苦	758	85.345745%	722	84.74365%	0.99
庫	1295	93.686035%	1394	94.83357%	1.01
酷	1676	96.259965%	1825	97.51849%	1.01
跨	2668	98.810470%	1425	95.09044%	0.96
快	1704	96.395900%	454	74.90356%	0.78
寬	632	81.880820%	903	88.69875%	1.08
款	2208	98.035600%	973	89.93248%	0.92
狂	1208	92.821205%	1619	96.45279%	1.04
曠	1633	96.038555%	2814	99.86435%	1.04
虧	1660	96.178976%	1770	97.26462%	1.01
魁	2032	97.592906%	2902	99.95637%	1.02
愧	2760	98.917624%	2599	99.58738%	1.01
潰	1881	97.112957%	2394	99.22607%	1.02
昆	562	79.502508%	1892	97.79804%	1.23
困	887	88.150055%	876	88.18670%	1.00
括	2672	98.815454%	755	85.56914%	0.87
廓	2314	98.261744%	2538	99.49024%	1.01
闊	1959	97.373739%	1535	95.90739%	0.98
臘	2379	98.383849%	1975	98.10451%	1.00
來	263	62.851208%	23	19.40596%	0.31
萊	1409	94.622757%	2031	98.29082%	1.04

字 種	漢書序號	漢書累積覆蓋率	現代漢語序號	現代漢語累積覆蓋率	差 值
賴	1227	93.021059%	1804	97.42421%	1.05
藍	2100	97.776313%	1319	94.17821%	0.96
蘭	1083	91.316195%	858	87.83193%	0.96
覽	1209	92.831921%	1935	97.96186%	1.06
濫	2327	98.287286%	2297	99.01745%	1.01
爛	2244	98.116339%	1573	96.16215%	0.98
狼	1432	94.791711%	2191	98.75734%	1.04
浪	2421	98.457112%	1281	93.81869%	0.95
牢	1452	94.933004%	1670	96.74742%	1.02
勞	681	83.329637%	426	73.43732%	0.88
老	425	73.618777%	212	56.96201%	0.77
勒	1454	94.946959%	1266	93.67219%	0.99
樂	202	56.941312%	638	82.31932%	1.45
雷	1192	92.647891%	928	89.15341%	0.96
壘	1711	96.428545%	2615	99.61127%	1.03
累	1127	91.888595%	1091	91.66868%	1.00
類	730	84.643515%	341	68.15238%	0.81
黎	1189	92.614872%	1264	93.65239%	1.01
離	554	79.203849%	343	68.29273%	0.86
李	505	77.286422%	537	78.64194%	1.02
理	729	84.617848%	83	37.20092%	0.44
裏	2538	98.638651%	75	35.41322%	0.36
禮	346	69.042944%	1398	94.86758%	1.37
力	417	73.205239%	74	35.18122%	0.48
立	73	36.340405%	179	53.12080%	1.46
吏	110	43.960772%	1722	97.02550%	2.21
利	337	68.442634%	150	49.19947%	0.72
厲	792	86.153010%	1811	97.45599%	1.13
曆	834	87.077647%	430	73.65701%	0.85
隸	1103	91.581712%	1340	94.36690%	1.03
麗	1401	94.562203%	1424	95.08234%	1.01
連	589	80.472124%	400	71.96136%	0.89
廉	749	85.123588%	2158	98.66869%	1.16
憐	1266	93.412046%	2451	99.33690%	1.06
練	2171	97.950375%	598	80.97179%	0.83

字 種	漢書序號	漢書累積覆蓋率	現代漢語序號	現代漢語累積覆蓋率	差 值
良	391	71.781217%	684	83.71502%	1.17
梁	275	63.844373%	1041	90.98118%	1.43
糧	1294	93.676815%	812	86.87355%	0.93
兩	434	74.076049%	92	39.09194%	0.53
量	1333	94.019955%	91	38.88793%	0.41
諒	2786	98.946780%	2616	99.61274%	1.01
聊	2061	97.673396%	2732	99.76829%	1.02
僚	1693	96.343694%	1693	96.87361%	1.01
遼	1207	92.810490%	1718	97.00486%	1.05
料	2763	98.920988%	193	54.81813%	0.55
列	318	67.131248%	418	72.99320%	1.09
烈	1181	92.525910%	745	85.32554%	0.92
裂	1717	96.456205%	934	89.26020%	0.93
獵	1125	91.863302%	2472	99.37574%	1.08
林	597	80.743995%	376	70.49031%	0.87
鄰	1589	95.795342%	1561	96.08283%	1.00
臨	362	70.062647%	952	89.57587%	1.28
麟	1708	96.414714%	2173	98.70961%	1.02
鱗	2091	97.752764%	2662	99.67770%	1.02
陵	157	51.422527%	1629	96.51255%	1.88
零	1588	95.789610%	987	90.16455%	0.94
靈	744	84.998866%	1391	94.80800%	1.12
領	862	87.656401%	275	63.05543%	0.72
嶺	2729	98.882861%	1675	96.77526%	0.98
令	70	35.633565%	672	83.36530%	2.34
流	414	73.048122%	218	57.60225%	0.79
留	431	73.924290%	657	82.91169%	1.12
劉	290	65.047858%	800	86.60893%	1.33
柳	1425	94.741124%	1585	96.24035%	1.02
六	51	30.541898%	299	65.03146%	2.13
隆	901	88.416693%	1484	95.54338%	1.08
龍	546	78.902323%	819	87.02564%	1.10
樓	938	89.088397%	1084	91.57604%	1.03
漏	1518	95.369717%	1663	96.70821%	1.01
露	981	89.818786%	914	88.90074%	0.99

字　種	漢書序號	漢書累積覆蓋率	現代漢語序號	現代漢語累積覆蓋率	差　值
盧	1091	91.423224%	1956	98.03784%	1.07
廬	1224	92.990035%	2784	99.83054%	1.07
鹵	1681	96.284884%	2498	99.42203%	1.03
虜	442	74.474137%	2764	99.80715%	1.34
魯	398	72.179181%	844	87.55047%	1.21
陸	996	90.059508%	953	89.59316%	0.99
鹿	1010	90.276805%	2609	99.60238%	1.10
祿	328	67.829367%	2056	98.36990%	1.45
路	664	82.847072%	219	57.70744%	0.70
錄	1447	94.898117%	1359	94.53246%	1.00
呂	367	70.368035%	2278	98.97339%	1.41
旅	1312	93.838791%	1258	93.59264%	1.00
屢	2139	97.874496%	2594	99.57977%	1.02
履	1494	95.215341%	2143	98.62694%	1.04
律	672	83.076455%	377	70.55383%	0.85
率	666	82.904885%	402	72.07861%	0.87
綠	2304	98.241808%	940	89.36611%	0.91
慮	1030	90.575839%	1021	90.69070%	1.00
卵	2611	98.738827%	1643	96.59438%	0.98
亂	281	64.331050%	837	87.40666%	1.36
掠	1856	97.023746%	2112	98.53818%	1.02
略	543	78.788317%	701	84.18262%	1.07
侖	2243	98.114096%	2437	99.31052%	1.01
倫	1405	94.592604%	1517	95.78109%	1.01
輪	1758	96.638865%	542	78.84247%	0.82
論	506	77.327788%	238	59.64304%	0.77
羅	1282	93.564802%	717	84.61277%	0.90
洛	1492	95.202134%	1599	96.32976%	1.01
落	1467	95.035423%	539	78.72235%	0.83
駱	2570	98.682633%	2801	99.84986%	1.01
麻	2110	97.802229%	1186	92.83117%	0.95
馬	127	46.923445%	352	68.91043%	1.47
埋	2063	97.678878%	1725	97.04095%	0.99
買	955	89.384564%	883	88.32181%	0.99
麥	2003	97.508554%	1028	90.79356%	0.93

字　種	漢書序號	漢書累積覆蓋率	現代漢語序號	現代漢語累積覆蓋率	差　值
賣	1258	93.333923%	1056	91.19400%	0.98
蠻	908	88.546399%	2312	99.05140%	1.12
滿	872	87.856130%	487	76.48450%	0.87
曼	1485	95.155909%	1761	97.22095%	1.02
慢	2200	98.017658%	887	88.39839%	0.90
漫	2700	98.850341%	1762	97.22583%	0.98
芒	1724	96.488476%	2349	99.13226%	1.03
莽	76	37.039769%	2685	99.70836%	2.69
毛	1314	93.856484%	452	74.80390%	0.80
矛	2681	98.826668%	839	87.44807%	0.88
茅	1775	96.710757%	2132	98.59581%	1.02
茂	817	86.713823%	2290	99.00138%	1.14
冒	1188	92.603783%	1652	96.64597%	1.04
貌	1241	93.164346%	1633	96.53614%	1.04
沒	2436	98.481409%	161	50.76677%	0.52
枚	1548	95.555118%	2584	99.56428%	1.04
眉	1875	97.092025%	1699	96.90556%	1.00
梅	2124	97.837117%	1438	95.19445%	0.97
每	1049	90.847959%	329	67.29580%	0.74
美	634	81.943617%	307	65.65392%	0.80
妹	2241	98.109611%	1477	95.49186%	0.97
門	230	59.878194%	266	62.27234%	1.04
萌	1387	94.455423%	2104	98.51469%	1.04
夢	1346	94.127732%	1464	95.39482%	1.01
盟	1596	95.835213%	943	89.41879%	0.93
猛	1193	92.658855%	1534	95.90046%	1.03
蒙	653	82.523867%	1250	93.51189%	1.13
孟	720	84.383854%	1785	97.33618%	1.15
迷	1918	97.239922%	1586	96.24679%	0.99
彌	986	89.899899%	2201	98.78332%	1.10
米	1827	96.916343%	355	69.11387%	0.71
密	1096	91.489884%	526	78.19050%	0.85
免	171	53.265195%	878	88.22546%	1.66
勉	1592	95.812536%	2438	99.31243%	1.04
面	896	88.322498%	52	29.47277%	0.33

字　種	漢書序號	漢書累積覆蓋率	現代漢語序號	現代漢語累積覆蓋率	差　值
苗	1697	96.362757%	982	90.08239%	0.93
廟	282	64.411789%	1685	96.83017%	1.50
滅	411	72.888264%	1384	94.74812%	1.30
民	62	33.656456%	62	32.22109%	0.96
敏	1768	96.681228%	1609	96.39200%	1.00
閩	1424	94.733898%	2282	98.98277%	1.04
名	175	53.766201%	345	68.43075%	1.27
明	92	40.478902%	145	48.45699%	1.20
鳴	1290	93.639934%	1674	96.76972%	1.03
命	280	64.250311%	160	50.62863%	0.79
謬	2062	97.676137%	2239	98.87943%	1.01
摩	2239	98.105125%	1332	94.29596%	0.96
末	799	86.312869%	921	89.02767%	1.03
莫	311	66.628872%	1279	93.79925%	1.41
墨	1280	93.545863%	1413	94.99258%	1.02
默	1624	95.990336%	1426	95.09854%	0.99
謀	299	65.743733%	1086	91.60263%	1.39
某	2205	98.028872%	597	80.93583%	0.83
母	312	66.701637%	731	84.97571%	1.27
畝	1787	96.759849%	1276	93.77007%	0.97
木	584	80.298311%	540	78.76247%	0.98
目	971	89.654567%	330	67.36779%	0.75
牧	824	86.864834%	1300	94.00085%	1.08
募	1532	95.456935%	2852	99.90558%	1.05
墓	1579	95.738027%	2133	98.59866%	1.03
幕	1575	95.715101%	1434	95.16278%	0.99
慕	1235	93.103418%	2368	99.17257%	1.07
暮	1649	96.122409%	2823	99.87426%	1.04
穆	1141	92.061287%	1846	97.60952%	1.06
納	1043	90.762984%	1024	90.73506%	1.00
乃	64	34.163566%	1605	96.36723%	2.82
奈	1442	94.863105%	2300	99.02429%	1.04
耐	2148	97.895926%	962	89.74691%	0.92
男	636	82.005916%	1160	92.53074%	1.13
南	79	37.718326%	263	62.00627%	1.64

字 種	漢書序號	漢書累積覆蓋率	現代漢語序號	現代漢語累積覆蓋率	差 值
難	481	76.267341%	404	72.19541%	0.95
囊	1951	97.347948%	2279	98.97574%	1.02
撓	2617	98.746926%	2430	99.29711%	1.01
內	700	83.850329%	139	47.53526%	0.57
能	119	45.586018%	44	27.05580%	0.59
尼	1559	95.621279%	901	88.66170%	0.93
泥	1983	97.448498%	1050	91.10940%	0.93
擬	2707	98.858191%	1741	97.12207%	0.98
逆	501	77.119461%	1627	96.50069%	1.25
年	6	8.080879%	39	25.44633%	3.15
念	1069	91.125935%	714	84.53302%	0.93
鳥	1034	90.633901%	1696	96.88961%	1.07
寧	755	85.272108%	843	87.53012%	1.03
牛	625	81.658913%	925	89.09975%	1.09
農	485	76.440905%	240	59.84126%	0.78
弄	1783	96.743651%	1339	94.35810%	0.98
奴	143	49.403304%	1208	93.07405%	1.88
怒	498	76.993743%	1604	96.36102%	1.25
女	249	61.649966%	513	77.63811%	1.26
諾	1958	97.370624%	1942	97.98746%	1.01
歐	1584	95.766684%	1015	90.60127%	0.95
偶	2686	98.832898%	1565	96.10935%	0.97
耦	2249	98.126930%	2715	99.74701%	1.02
排	1791	96.775797%	552	79.23691%	0.82
攀	2468	98.533241%	2337	99.10643%	1.01
盤	2240	98.107368%	1373	94.65353%	0.96
叛	1488	95.175719%	1671	96.75300%	1.02
畔	1011	90.292006%	2866	99.92026%	1.11
旁	844	87.287344%	1120	92.04231%	1.05
龐	2789	98.950144%	2404	99.24618%	1.00
陪	2298	98.229847%	1884	97.76630%	1.00
沛	458	75.235551%	2832	99.88408%	1.33
佩	1619	95.963174%	2071	98.41602%	1.03
配	1171	92.412776%	512	77.59503%	0.84
朋	1450	94.919049%	1306	94.05734%	0.99

字　種	漢書序號	漢書累積覆蓋率	現代漢語序號	現代漢語累積覆蓋率	差　值
彭	623	81.595119%	2044	98.33234%	1.21
蓬	1805	96.831617%	2082	98.44924%	1.02
披	2144	97.886457%	2189	98.75211%	1.01
皮	1395	94.516600%	733	85.02641%	0.90
匹	993	90.011911%	2109	98.52942%	1.09
譬	1989	97.466689%	2700	99.72784%	1.02
偏	1571	95.691801%	1092	91.68185%	0.96
篇	294	65.362466%	1072	91.41466%	1.40
漂	2166	97.938539%	1891	97.79411%	1.00
票	1087	91.369897%	1518	95.78818%	1.05
貧	781	85.897835%	1328	94.26008%	1.10
頻	2705	98.855948%	727	84.87320%	0.86
品	1612	95.924798%	203	55.96345%	0.58
聘	1520	95.382177%	2633	99.63748%	1.04
平	68	35.154613%	127	45.55131%	1.30
迫	1237	93.123852%	853	87.73220%	0.94
破	331	68.035077%	543	78.88236%	1.16
頗	767	85.564538%	1968	98.08023%	1.15
魄	2554	98.660704%	2774	99.81895%	1.01
剖	1865	97.056266%	2241	98.88438%	1.02
蒲	1175	92.458254%	2452	99.33877%	1.07
僕	615	81.337701%	2206	98.79621%	1.21
圃	2471	98.538101%	2602	99.59191%	1.01
浦	1687	96.314538%	2442	99.32000%	1.03
普	1915	97.229830%	779	86.13215%	0.89
樸	2289	98.211656%	2121	98.56428%	1.00
譜	2759	98.916502%	1595	96.30449%	0.97
七	88	39.650081%	276	63.14110%	1.59
妻	545	78.864446%	1537	95.92119%	1.22
戚	745	85.023910%	2080	98.44324%	1.16
期	864	87.696770%	236	59.44404%	0.68
欺	1479	95.116162%	1893	97.80197%	1.03
漆	2070	97.697817%	1697	96.89494%	0.99
祁	1508	95.306297%	2405	99.24817%	1.04
岐	2044	97.626796%	2749	99.78917%	1.02

字　種	漢書序號	漢書累積覆蓋率	現代漢語序號	現代漢語累積覆蓋率	差　值
其	7	8.915057%	114	43.28313%	4.86
奇	782	85.921135%	957	89.66190%	1.04
旗	1293	93.667595%	1090	91.65551%	0.98
齊	151	50.576885%	976	89.98274%	1.78
騎	184	54.862283%	1952	98.02353%	1.79
乞	1297	93.704351%	2833	99.88517%	1.07
豈	657	82.642483%	2083	98.45224%	1.19
起	209	57.718924%	84	37.41830%	0.65
啓	2467	98.531622%	1309	94.08546%	0.95
泣	1023	90.472672%	2810	99.85991%	1.10
契	2195	98.006444%	2144	98.62975%	1.01
氣	410	72.834811%	156	50.06594%	0.69
器	739	84.873148%	281	63.56284%	0.75
千	55	31.769057%	407	72.36892%	2.28
牽	1630	96.022482%	1499	95.65235%	1.00
遷	265	63.018543%	1902	97.83703%	1.55
謙	1561	95.633241%	2346	99.12586%	1.04
前	206	57.387121%	117	43.81607%	0.76
乾	1531	95.450706%	2228	98.85198%	1.04
鉗	2098	97.771080%	2406	99.25016%	1.02
錢	416	73.153157%	663	83.09443%	1.14
淺	1502	95.267672%	1580	96.20798%	1.01
遣	236	60.456699%	2122	98.56717%	1.63
譴	1813	96.862891%	2099	98.49993%	1.02
槍	2638	98.773091%	1005	90.45059%	0.92
強	1065	91.071113%	245	60.32791%	0.66
僑	2075	97.710900%	1707	96.94764%	0.99
橋	1469	95.048879%	1143	92.32599%	0.97
巧	1194	92.669820%	1502	95.67396%	1.03
切	1137	92.012569%	314	66.18819%	0.72
且	267	63.185378%	369	70.03901%	1.11
竊	677	83.217998%	2230	98.85701%	1.19
侵	790	86.106909%	764	85.78320%	1.00
親	215	58.360475%	453	74.85374%	1.28
秦	153	50.863459%	1096	91.73427%	1.80

字 種	漢書序號	漢書累積覆蓋率	現代漢語序號	現代漢語累積覆蓋率	差 值
琴	1850	97.002066%	1353	94.48036%	0.97
禽	1006	90.215503%	2145	98.63256%	1.09
勤	1195	92.680784%	1408	94.95126%	1.02
欽	885	88.111181%	2514	99.44981%	1.13
青	2006	97.517525%	415	72.82386%	0.75
卿	250	61.738555%	2046	98.33864%	1.59
清	2185	97.983518%	305	65.49991%	0.67
傾	1190	92.625962%	1110	91.91543%	0.99
輕	614	81.305306%	585	80.49752%	0.99
情	925	88.856023%	176	52.74335%	0.59
頃	515	77.695225%	2376	99.18922%	1.28
請	278	64.088584%	678	83.54283%	1.30
慶	796	86.244714%	923	89.06379%	1.03
窮	723	84.462600%	1369	94.61900%	1.12
丘	567	79.687410%	2039	98.31643%	1.23
秋	237	60.551268%	911	88.84585%	1.47
求	359	69.876624%	211	56.85242%	0.81
曲	708	84.065757%	611	81.42747%	0.97
屈	1212	92.863942%	1786	97.34087%	1.05
區	1392	94.493799%	244	60.23135%	0.64
趨	1255	93.304394%	1638	96.56542%	1.03
軀	2599	98.722380%	2787	99.83399%	1.01
驅	1705	96.400635%	1649	96.62882%	1.00
渠	626	81.690809%	1787	97.34556%	1.19
取	335	68.307695%	258	61.55449%	0.90
娶	2183	97.978784%	2923	99.97667%	1.02
去	201	56.828925%	104	41.44400%	0.73
趣	1472	95.069064%	1526	95.84460%	1.01
圈	2665	98.806732%	1067	91.34641%	0.92
全	997	90.075207%	130	46.05890%	0.51
泉	539	78.635187%	1657	96.67440%	1.23
拳	2586	98.704563%	2127	98.58153%	1.00
權	578	80.087492%	301	65.18901%	0.81
勸	980	89.802464%	1716	96.99449%	1.08
缺	1560	95.627260%	796	86.51919%	0.90

字 種	漢書序號	漢書累積覆蓋率	現代漢語序號	現代漢語累積覆蓋率	差 值
雀	2395	98.411759%	2656	99.66952%	1.01
然	137	48.485770%	116	43.63906%	0.90
壤	1986	97.457718%	1013	90.57135%	0.93
讓	706	84.012181%	681	83.62943%	1.00
饒	1085	91.343108%	2283	98.98511%	1.08
擾	1556	95.603337%	1543	95.96210%	1.00
繞	2602	98.726492%	1301	94.01029%	0.95
熱	2256	98.141757%	274	62.96975%	0.64
人	13	13.675419%	9	11.85429%	0.87
仁	486	76.484140%	1572	96.15557%	1.26
忍	1028	90.546558%	1558	96.06290%	1.06
刃	1654	96.148326%	2581	99.55960%	1.04
任	392	71.838407%	257	61.46314%	0.86
仍	1680	96.279900%	716	84.58627%	0.88
日	72	36.105290%	122	44.69112%	1.24
容	662	82.789010%	393	71.54736%	0.86
榮	949	89.281149%	1171	92.65970%	1.04
融	2136	97.867020%	1682	96.81377%	0.99
柔	1651	96.132875%	1531	95.87957%	1.00
肉	823	86.843404%	899	88.62451%	1.02
如	111	44.146422%	76	35.64389%	0.81
儒	679	83.274067%	2236	98.87199%	1.19
汝	1061	91.015791%	2645	99.65438%	1.09
乳	2005	97.514534%	1569	96.13578%	0.99
辱	1015	90.352685%	2119	98.55851%	1.09
入	75	36.807021%	198	55.39598%	1.51
瑞	1449	94.912072%	1346	94.41941%	0.99
潤	1706	96.405370%	1006	90.46580%	0.94
若	302	65.967261%	751	85.47222%	1.30
弱	773	85.708697%	986	90.14819%	1.05
塞	430	73.873579%	1033	90.86630%	1.23
三	21	18.833745%	66	33.24219%	1.77
散	791	86.129960%	763	85.75958%	1.00
桑	1012	90.307207%	1797	97.39211%	1.08
喪	766	85.540366%	1863	97.68098%	1.14

字　種	漢書序號	漢書累積覆蓋率	現代漢語序號	現代漢語累積覆蓋率	差　值
騷	1715	96.446985%	2603	99.59341%	1.03
掃	2572	98.685375%	1429	95.12278%	0.96
嫂	2342	98.315321%	2006	98.20913%	1.00
色	649	82.404253%	264	62.09539%	0.75
沙	923	88.819890%	828	87.21785%	0.98
殺	122	46.102598%	841	87.48921%	1.90
山	104	42.833914%	223	58.12404%	1.36
陝	2721	98.873890%	1744	97.13710%	0.98
善	255	62.171406%	818	87.00401%	1.40
擅	977	89.753497%	2646	99.65577%	1.11
商	456	75.142103%	397	71.78501%	0.96
傷	496	76.909764%	907	88.77259%	1.15
裳	2475	98.544455%	2944	99.99635%	1.01
賞	561	79.465378%	1626	96.49475%	1.21
上	19	17.704894%	14	14.87410%	0.84
尚	341	68.710518%	1111	91.92819%	1.34
稍	950	89.298468%	1316	94.15066%	1.05
燒	1336	94.045000%	748	85.39914%	0.91
勺	2674	98.817946%	2517	99.45494%	1.01
韶	2510	98.596786%	2932	99.98520%	1.01
少	180	54.380714%	221	57.91655%	1.07
紹	1105	91.607628%	974	89.94926%	0.98
舌	1914	97.226465%	2108	98.52648%	1.01
蛇	1507	95.299943%	2559	99.52453%	1.04
舍	526	78.130443%	1299	93.99139%	1.20
社	828	86.950308%	124	45.03667%	0.52
射	613	81.272786%	667	83.21515%	1.02
涉	812	86.603803%	1196	92.94299%	1.07
設	884	88.091743%	206	56.29941%	0.64
攝	1017	90.382837%	1689	96.85195%	1.07
申	490	76.655586%	1480	95.51397%	1.25
身	355	69.624688%	322	66.78524%	0.96
深	455	75.095255%	403	72.13706%	0.96
紳	2691	98.839128%	1852	97.63496%	0.99
神	316	66.989830%	519	77.89503%	1.16

字 種	漢書序號	漢書累積覆蓋率	現代漢語序號	現代漢語累積覆蓋率	差 值
沈	1527	95.425786%	1698	96.90025%	1.02
審	1429	94.770031%	807	86.76417%	0.92
甚	231	59.976252%	759	85.66472%	1.43
愼	2443	98.492747%	2195	98.76776%	1.00
升	1797	96.799720%	642	82.44544%	0.85
生	126	46.763960%	26	20.72970%	0.44
牲	1658	96.168759%	1623	96.47685%	1.00
聲	565	79.613773%	337	67.86886%	0.85
繩	1568	95.674233%	1378	94.69659%	0.99
省	689	83.550174%	416	72.88047%	0.87
盛	459	75.282150%	1079	91.50908%	1.22
勝	251	61.826770%	705	84.29122%	1.36
聖	306	66.263428%	1522	95.81644%	1.45
尸	1439	94.841799%	1850	97.62651%	1.03
失	245	61.292248%	508	77.42143%	1.26
施	660	82.730698%	558	79.47072%	0.96
師	173	53.516632%	546	79.00114%	1.48
詩	423	73.515985%	930	89.18906%	1.21
十	8	9.744127%	65	32.99229%	3.39
什	1323	93.934731%	294	64.63005%	0.69
石	177	54.014149%	368	69.97387%	1.30
拾	1966	97.395544%	2070	98.41298%	1.01
食	147	49.995016%	588	80.60823%	1.61
時	56	32.063978%	22	18.94667%	0.59
實	577	80.051857%	89	38.47453%	0.48
蝕	1116	91.748922%	1672	96.75858%	1.05
識	1265	93.402327%	478	76.06321%	0.81
史	113	44.510869%	424	73.32708%	1.65
矢	1296	93.695255%	2544	99.50013%	1.06
使	46	28.977580%	98	40.29479%	1.39
始	152	50.720297%	471	75.73061%	1.49
士	134	48.021894%	566	79.78011%	1.66
氏	149	50.287944%	1342	94.38446%	1.88
世	108	43.586606%	284	63.81179%	1.46
市	583	80.263423%	432	73.76592%	0.92

字 種	漢書序號	漢書累積覆蓋率	現代漢語序號	現代漢語累積覆蓋率	差 值
示	1172	92.424239%	335	67.72591%	0.73
式	1112	91.697712%	204	56.07621%	0.61
事	48	29.611655%	126	45.38056%	1.53
侍	351	69.368765%	2319	99.06703%	1.43
室	340	68.643734%	760	85.68848%	1.25
是	44	28.329301%	3	6.77232%	0.24
逝	2117	97.819673%	2176	98.71766%	1.01
視	439	74.326614%	573	80.04710%	1.08
勢	714	84.225616%	535	78.56115%	0.93
試	1261	93.363453%	587	80.57143%	0.86
飾	1249	93.244961%	1898	97.82153%	1.05
誓	2085	97.737065%	2198	98.77555%	1.01
適	890	88.207993%	479	76.11047%	0.86
釋	1067	91.098524%	1130	92.16658%	1.01
收	540	78.673563%	302	65.26731%	0.83
手	1160	92.286310%	234	59.24472%	0.64
守	125	46.601610%	790	86.38356%	1.85
首	373	70.730489%	499	77.02694%	1.09
受	222	59.082142%	296	64.79182%	1.10
授	756	85.296654%	1322	94.20567%	1.10
壽	388	71.609273%	1654	96.65737%	1.35
瘦	2738	98.892954%	1859	97.66433%	0.99
獸	1007	90.230953%	2225	98.84443%	1.10
叔	617	81.402242%	1777	97.29820%	1.20
書	86	39.230687%	390	71.36507%	1.82
殊	1104	91.594670%	1129	92.15425%	1.01
淑	1973	97.417348%	2458	99.34997%	1.02
舒	581	80.193400%	1873	97.72190%	1.22
樞	2224	98.071484%	2366	99.16836%	1.01
輸	1201	92.745824%	612	81.46167%	0.88
贖	1230	93.052084%	2888	99.94259%	1.07
暑	1567	95.668377%	2572	99.54541%	1.04
署	1421	94.711969%	1644	96.60015%	1.02
鼠	1535	95.475625%	2268	98.94973%	1.04
蜀	827	86.929002%	2834	99.88626%	1.15

字　種	漢書序號	漢書累積覆蓋率	現代漢語序號	現代漢語累積覆蓋率	差　值
束	1582	95.755221%	961	89.72994%	0.94
庶	461	75.374602%	2868	99.92233%	1.33
術	694	83.687106%	292	64.46750%	0.77
數	65	34.413882%	140	47.69128%	1.39
樹	1150	92.169188%	561	79.58693%	0.86
衰	762	85.443429%	1800	97.40590%	1.14
帥	1060	91.001961%	2301	99.02657%	1.09
霜	1500	95.254714%	2245	98.89424%	1.04
雙	2093	97.757997%	677	83.51338%	0.85
爽	2299	98.231841%	2229	98.85450%	1.01
誰	1218	92.927238%	867	88.01045%	0.95
水	128	47.082431%	77	35.87168%	0.76
稅	2508	98.593796%	1390	94.79946%	0.96
順	537	78.558310%	868	88.03019%	1.12
說	1223	92.979569%	48	28.28584%	0.30
司	124	46.438263%	595	80.86376%	1.74
私	528	78.208815%	1001	90.38959%	1.16
思	444	74.571572%	291	64.38610%	0.86
斯	1101	91.555671%	456	75.00251%	0.82
絲	1976	97.426693%	711	84.45292%	0.87
死	102	42.452273%	510	77.50843%	1.83
四	32	23.888655%	121	44.51753%	1.86
寺	1841	96.968674%	1844	97.60094%	1.01
似	1653	96.143217%	593	80.79124%	0.84
嗣	99	41.874142%	2734	99.77077%	2.38
肆	1950	97.344708%	2407	99.25215%	1.02
松	2008	97.523505%	874	88.14789%	0.90
宋	638	82.068090%	1166	92.60161%	1.13
送	780	85.874411%	619	81.69827%	0.95
訟	1358	94.225915%	1445	95.24914%	1.01
頌	1276	93.507985%	2093	98.48213%	1.05
誦	1350	94.160626%	2719	99.75206%	1.06
搜	1785	96.751875%	1867	97.69748%	1.01
蘇	1092	91.436556%	507	77.37787%	0.85
俗	549	79.015831%	1769	97.25980%	1.23

字 種	漢書序號	漢書累積覆蓋率	現代漢語序號	現代漢語累積覆蓋率	差 值
素	647	82.343824%	410	72.54003%	0.88
速	2112	97.807213%	217	57.49702%	0.59
宿	819	86.757182%	2002	98.19584%	1.13
訴	2688	98.835390%	713	84.50636%	0.86
肅	1077	91.235083%	1497	95.63792%	1.05
算	1355	94.201618%	385	71.05626%	0.75
雖	305	66.190041%	634	82.19160%	1.24
綏	1299	93.722542%	2889	99.94358%	1.07
隨	606	81.043527%	505	77.29056%	0.95
遂	189	55.455864%	1998	98.18249%	1.77
歲	141	49.101405%	959	89.69595%	1.83
碎	2165	97.936171%	1121	92.05492%	0.94
孫	118	45.408218%	946	89.47126%	1.97
損	1040	90.720371%	775	86.03997%	0.95
縮	2233	98.091669%	870	88.06952%	0.90
所	28	22.184040%	60	31.69346%	1.43
索	1428	94.762804%	1095	91.72119%	0.97
他	1563	95.644953%	19	17.50795%	0.18
它	857	87.555352%	110	42.55975%	0.49
台	1984	97.451613%	538	78.68218%	0.81
太	25	20.814343%	439	74.14062%	3.56
泰	533	78.403436%	1333	94.30490%	1.20
態	2460	98.520283%	555	79.35412%	0.81
貪	1129	91.913515%	1936	97.96555%	1.07
潭	2555	98.662075%	2397	99.23215%	1.01
談	1399	94.547002%	517	77.80972%	0.82
壇	1533	95.463165%	2308	99.04241%	1.04
譚	1239	93.144161%	2231	98.85952%	1.06
炭	2457	98.515424%	1432	95.14682%	0.97
探	2076	97.713516%	992	90.24608%	0.92
湯	421	73.412818%	1295	93.95341%	1.28
唐	802	86.380774%	1164	92.57815%	1.07
堂	710	84.119085%	1003	90.42015%	1.07
逃	1466	95.028695%	1267	93.68206%	0.99
桃	1690	96.329116%	1765	97.24045%	1.01

字　種	漢書序號	漢書累積覆蓋率	現代漢語序號	現代漢語累積覆蓋率	差　值
陶	695	83.714393%	1549	96.00264%	1.15
討	1393	94.501399%	834	87.34422%	0.92
特	1064	91.057282%	209	56.63193%	0.62
騰	1820	96.889928%	1529	95.86559%	0.99
提	1661	96.184085%	185	53.86442%	0.56
題	2435	98.479789%	187	54.10562%	0.55
體	849	87.391009%	93	39.29591%	0.45
惕	2742	98.897439%	2634	99.63891%	1.01
天	23	19.852203%	119	44.16933%	2.22
田	220	58.878675%	601	81.07908%	1.38
挑	2283	98.198947%	1455	95.32628%	0.97
條	959	89.452968%	163	51.04039%	0.57
跳	2723	98.876133%	966	89.81456%	0.91
鐵	904	88.472513%	496	76.89330%	0.87
聽	427	73.721072%	494	76.80361%	1.04
廷	384	71.378644%	1335	94.32271%	1.32
亭	621	81.531076%	1870	97.70972%	1.20
庭	892	88.246244%	1023	90.72029%	1.03
挺	2749	98.905289%	1709	96.95809%	0.98
通	226	59.482971%	183	53.61831%	0.90
同	289	64.968988%	41	26.09695%	0.40
桐	1935	97.296115%	2390	99.21793%	1.02
童	1473	95.075793%	1293	93.93432%	0.99
銅	1263	93.382890%	1061	91.26369%	0.98
統	655	82.583424%	224	58.22735%	0.71
痛	1318	93.891496%	1112	91.94094%	0.98
偷	2450	98.504086%	1826	97.52290%	0.99
投	1615	95.941245%	649	82.66415%	0.86
頭	815	86.670089%	213	57.07111%	0.66
突	1938	97.305834%	697	84.07336%	0.86
徒	492	76.740686%	1313	94.12286%	1.23
屠	914	88.656294%	2338	99.10860%	1.12
塗	1381	94.408948%	1610	96.39814%	1.02
圖	881	88.033058%	222	58.02031%	0.66
土	407	72.673458%	363	69.64654%	0.96

字 種	漢書序號	漢書累積覆蓋率	現代漢語序號	現代漢語累積覆蓋率	差 值
吐	2147	97.893559%	1784	97.33150%	0.99
推	748	85.098669%	515	77.72413%	0.91
退	752	85.198097%	1051	91.12358%	1.07
吞	2103	97.784163%	2049	98.34806%	1.01
屯	702	83.904404%	2611	99.60536%	1.19
托	2391	98.404782%	1102	91.81228%	0.93
瓦	1861	97.041812%	1032	90.85184%	0.94
外	224	59.283367%	118	43.99285%	0.74
丸	2632	98.765615%	2604	99.59492%	1.01
完	1433	94.798937%	340	68.08181%	0.72
玩	2711	98.862676%	1628	96.50663%	0.98
晚	1812	96.859028%	835	87.36507%	0.90
萬	67	34.911399%	328	67.22330%	1.93
亡	98	41.678524%	1132	92.19124%	2.21
王	5	7.174807%	462	75.29715%	10.49
往	378	71.028401%	428	73.54727%	1.04
枉	1803	96.823643%	2748	99.78796%	1.03
網	2647	98.784305%	1228	93.28565%	0.94
妄	1126	91.876011%	2089	98.47022%	1.07
忘	984	89.867503%	1317	94.15985%	1.05
望	323	67.482862%	525	78.14859%	1.16
危	607	81.076545%	948	89.50621%	1.10
威	377	70.969466%	939	89.34853%	1.26
微	538	78.596811%	680	83.60065%	1.06
韋	1341	94.086615%	2050	98.35120%	1.05
唯	529	78.247814%	1362	94.55845%	1.21
惟	560	79.428248%	2199	98.77814%	1.24
圍	765	85.516194%	547	79.04052%	0.92
爲	3	4.845836%	13	14.29696%	2.95
違	1231	93.062426%	1360	94.54113%	1.02
維	1781	96.735428%	445	74.45173%	0.77
尾	1416	94.675088%	1259	93.60266%	0.99
委	1217	92.916772%	409	72.48308%	0.78
偉	2150	97.900661%	977	89.99942%	0.92
僞	1420	94.704617%	1817	97.48293%	1.03

字 種	漢書序號	漢書累積覆蓋率	現代漢語序號	現代漢語累積覆蓋率	差 值
緯	2469	98.534861%	1813	97.46499%	0.99
未	120	45.760579%	655	82.85015%	1.81
位	156	51.284224%	197	55.28156%	1.08
味	1906	97.199552%	770	85.92369%	0.88
畏	838	87.162248%	2219	98.82927%	1.13
胃	2507	98.592300%	2383	99.20362%	1.01
尉	83	38.592375%	2735	99.77202%	2.59
慰	2278	98.188356%	1937	97.96923%	1.00
衛	763	85.467726%	742	85.25153%	1.00
謂	200	56.716539%	832	87.30217%	1.54
魏	432	73.974876%	1487	95.56535%	1.29
溫	941	89.141475%	362	69.58054%	0.78
文	101	42.260019%	200	55.62406%	1.32
聞	121	45.933520%	1138	92.26497%	2.01
問	246	61.382705%	167	51.57472%	0.84
翁	916	88.692801%	2377	99.19129%	1.12
我	303	66.041645%	17	16.49936%	0.25
沃	1941	97.315552%	2391	99.21997%	1.02
臥	1308	93.803405%	2129	98.58725%	1.05
握	2025	97.572846%	857	87.81202%	0.90
巫	1039	90.706043%	2884	99.93861%	1.10
屋	1203	92.767504%	950	89.54110%	0.97
烏	452	74.954709%	1576	96.18186%	1.28
誣	1419	94.697266%	1947	98.00554%	1.03
吳	344	68.910248%	1148	92.38667%	1.34
吾	271	63.516184%	1894	97.80590%	1.54
無	69	35.394836%	172	52.22910%	1.48
五	29	22.627482%	191	54.58295%	2.41
午	699	83.823291%	1136	92.24046%	1.10
伍	1334	94.028304%	1412	94.98432%	1.01
武	96	41.285171%	568	79.85674%	1.93
侮	2236	98.098397%	2703	99.73170%	1.02
舞	1005	90.200053%	1229	93.29607%	1.03
勿	630	81.817649%	2072	98.41906%	1.20
戊	686	83.467815%	2669	99.68715%	1.19

字 種	漢書序號	漢書累積覆蓋率	現代漢語序號	現代漢語累積覆蓋率	差 值
物	374	70.790545%	87	38.05718%	0.54
務	800	86.335545%	326	67.07770%	0.78
誤	1642	96.085778%	804	86.69798%	0.90
霧	1862	97.045426%	1737	97.10190%	1.00
夕	1214	92.885124%	2077	98.43419%	1.06
西	117	45.230418%	248	60.61693%	1.34
吸	2550	98.655222%	640	82.38260%	0.84
希	1627	96.006409%	906	88.75417%	0.92
昔	757	85.321199%	2770	99.81426%	1.17
析	1671	96.235045%	707	84.34524%	0.88
息	663	82.818041%	784	86.24684%	1.04
悉	937	89.070704%	1636	96.55375%	1.08
惜	1934	97.292876%	1790	97.35960%	1.00
稀	2320	98.273705%	1476	95.48448%	0.97
熙	2234	98.093911%	1611	96.40428%	0.98
錫	1604	95.880068%	1684	96.82471%	1.01
犧	1763	96.660046%	1854	97.64338%	1.01
席	1389	94.470873%	522	78.02217%	0.83
習	814	86.648035%	419	73.04947%	0.84
襲	1178	92.492269%	1690	96.85738%	1.05
洗	1948	97.338229%	1052	91.13773%	0.94
徙	339	68.576825%	2008	98.21575%	1.43
喜	585	80.333198%	873	88.12838%	1.10
系	2819	98.980421%	173	52.35834%	0.53
細	1382	94.416798%	492	76.71324%	0.81
戲	1136	92.000234%	1547	95.98914%	1.04
下	20	18.276297%	45	27.36711%	1.50
夏	257	62.342727%	1058	91.22201%	1.46
先	167	52.752478%	254	61.18573%	1.16
鮮	1147	92.133553%	811	86.85169%	0.94
纖	2248	98.124812%	882	88.30257%	0.90
弦	1691	96.333975%	860	87.87173%	0.91
閑	2597	98.719639%	1876	97.73405%	0.99
嫌	2626	98.758139%	2402	99.24219%	1.00
銜	1902	97.186096%	2551	99.51158%	1.02

字　種	漢書序號	漢書累積覆蓋率	現代漢語序號	現代漢語累積覆蓋率	差　值
賢	192	55.807228%	1924	97.92086%	1.75
險	1302	93.749579%	1367	94.60173%	1.01
顯	433	74.025463%	516	77.76703%	1.05
限	2157	97.917233%	673	83.39523%	0.85
陷	1117	91.761631%	1310	94.09482%	1.03
憲	1248	93.234993%	922	89.04575%	0.96
縣	291	65.126728%	488	76.53047%	1.18
獻	652	82.494088%	1062	91.27757%	1.11
相	40	26.940041%	129	45.89053%	1.70
鄉	321	67.342814%	951	89.55854%	1.33
湘	2088	97.744915%	1991	98.15901%	1.00
襄	622	81.563097%	2792	99.83969%	1.22
祥	1059	90.988131%	1509	95.72415%	1.05
翔	2050	97.643243%	2509	99.44120%	1.02
詳	1462	95.001782%	1591	96.27893%	1.01
享	1321	93.917537%	1616	96.43469%	1.03
向	600	80.844420%	158	50.34827%	0.62
巷	1641	96.080545%	1814	97.46948%	1.01
象	487	76.527251%	194	54.93476%	0.72
項	400	72.290820%	529	78.31563%	1.08
削	1099	91.529506%	1065	91.31897%	1.00
消	1772	96.698173%	436	73.98109%	0.77
銷	1436	94.820493%	929	89.17125%	0.94
蕭	770	85.636679%	1899	97.82541%	1.14
囂	1829	96.923819%	2933	99.98614%	1.03
小	264	62.934938%	85	37.63375%	0.60
曉	1495	95.221945%	1489	95.57994%	1.00
孝	105	43.022679%	2171	98.70423%	2.29
肖	1730	96.515638%	2178	98.72301%	1.02
效	818	86.735502%	455	74.95305%	0.86
校	491	76.698198%	743	85.27631%	1.11
笑	1111	91.684879%	620	81.73171%	0.89
歇	2027	97.578577%	2054	98.36369%	1.01
邪	304	66.115905%	2510	99.44293%	1.50
協	1728	96.506667%	712	84.47968%	0.88

字 種	漢書序號	漢書累積覆蓋率	現代漢語序號	現代漢語累積覆蓋率	差 值
脅	1526	95.419556%	1667	96.73063%	1.01
斜	2261	98.152348%	1022	90.70551%	0.92
諧	2111	97.804721%	1794	97.37825%	1.00
寫	2583	98.700451%	449	74.65367%	0.76
泄	1391	94.486198%	2327	99.08465%	1.05
械	1825	96.908867%	825	87.15412%	0.90
謝	575	79.979716%	1114	91.96638%	1.15
心	218	58.673463%	142	48.00112%	0.82
辛	690	83.577585%	1325	94.23294%	1.13
欣	1626	96.001052%	1857	97.65598%	1.02
新	403	72.455911%	137	47.21480%	0.65
信	168	52.881311%	351	68.84216%	1.30
星	268	63.268734%	880	88.26405%	1.40
興	296	65.516593%	608	81.32433%	1.24
刑	436	74.176973%	724	84.79568%	1.14
行	58	32.609340%	51	29.18410%	0.89
邢	2666	98.807978%	2871	99.92542%	1.01
形	947	89.246511%	128	45.72176%	0.51
姓	356	69.687984%	1416	95.01721%	1.36
幸	283	64.492279%	1387	94.77381%	1.47
性	877	87.954686%	106	41.82009%	0.48
凶	975	89.720603%	1945	97.99833%	1.09
兄	468	75.691328%	1504	95.68833%	1.26
匈	169	53.009273%	2720	99.75332%	1.88
雄	961	89.486859%	1080	91.52250%	1.02
熊	1285	93.593210%	1999	98.18583%	1.05
休	713	84.199076%	1297	93.97241%	1.12
修	534	78.442310%	613	81.49585%	1.04
羞	1662	96.189193%	2357	99.14931%	1.03
朽	2058	97.665172%	2343	99.11942%	1.01
虛	619	81.466784%	1329	94.26910%	1.16
須	956	89.401759%	395	71.66644%	0.80
徐	889	88.188680%	1152	92.43497%	1.05
許	450	74.860140%	364	69.71232%	0.93
序	848	87.370325%	792	86.42894%	0.99

字 種	漢書序號	漢書累積覆蓋率	現代漢語序號	現代漢語累積覆蓋率	差 值
畜	737	84.822436%	1420	95.04985%	1.12
絮	1955	97.360906%	2811	99.86103%	1.03
蓄	2754	98.910896%	1747	97.15207%	0.98
緒	1904	97.192824%	1606	96.37344%	0.99
續	1921	97.250014%	584	80.46040%	0.83
宣	233	60.169876%	675	83.45444%	1.39
玄	440	74.375955%	2040	98.31963%	1.32
旋	1876	97.095514%	1043	91.00975%	0.94
選	779	85.850987%	447	74.55277%	0.87
穴	1887	97.133890%	2269	98.95211%	1.02
學	375	70.850351%	58	31.15774%	0.44
雪	1478	95.109434%	1068	91.36012%	0.96
血	1260	93.353609%	823	87.11154%	0.93
巡	1292	93.658374%	1512	95.74556%	1.02
旬	1511	95.325361%	1864	97.68513%	1.02
尋	1338	94.061696%	1519	95.79525%	1.02
循	1045	90.791392%	1354	94.48906%	1.04
訊	2154	97.910131%	1506	95.70268%	0.98
訓	1741	96.564979%	805	86.72016%	0.90
遜	1928	97.273439%	2651	99.66267%	1.02
牙	1254	93.294550%	1396	94.85059%	1.02
崖	2814	98.975437%	2410	99.25811%	1.00
雅	1094	91.463220%	1900	97.82929%	1.07
亞	1166	92.355461%	544	78.92199%	0.85
焉	235	60.361506%	2861	99.91506%	1.66
延	298	65.668726%	947	89.48875%	1.36
言	49	29.923398%	565	79.74156%	2.66
炎	1610	95.913709%	1646	96.61163%	1.01
嚴	550	79.053460%	498	76.98267%	0.97
鹽	910	88.583030%	718	84.63907%	0.96
衍	1079	91.262245%	2500	99.42554%	1.09
掩	1794	96.787759%	1727	97.05118%	1.00
演	2750	98.906410%	820	87.04726%	0.88
宴	1713	96.437765%	1907	97.85628%	1.01
厭	1163	92.321072%	2275	98.96635%	1.07

字 種	漢書序號	漢書累積覆蓋率	現代漢語序號	現代漢語累積覆蓋率	差 值
燕	369	70.489144%	1903	97.84089%	1.39
驗	1044	90.777188%	399	71.90269%	0.79
央	1042	90.748780%	746	85.35009%	0.94
羊	736	84.797019%	1676	96.78081%	1.14
洋	2004	97.511544%	720	84.69151%	0.87
陽	54	31.464042%	643	82.47683%	2.62
揚	712	84.172413%	904	88.71725%	1.05
楊	912	88.619662%	988	90.18091%	1.02
仰	1406	94.600205%	1791	97.36428%	1.03
養	612	81.240266%	465	75.44329%	0.93
姚	2016	97.547054%	1887	97.77825%	1.00
堯	926	88.873965%	2840	99.89276%	1.12
遙	2848	99.009327%	2175	98.71498%	1.00
要	858	87.575662%	20	17.99598%	0.21
藥	1256	93.314237%	842	87.50967%	0.94
耀	2361	98.350831%	1948	98.00915%	1.00
也	15	15.127600%	43	26.74119%	1.77
冶	1911	97.216373%	1847	97.61378%	1.00
野	771	85.660727%	1088	91.62912%	1.07
夜	469	75.736058%	723	84.76968%	1.12
液	2768	98.926595%	501	77.11498%	0.78
葉	1536	95.481855%	570	79.93305%	0.84
業	483	76.354310%	101	40.87439%	0.54
一	35	25.083667%	2	5.58281%	0.22
伊	1037	90.677261%	1392	94.81653%	1.05
衣	422	73.464401%	902	88.68024%	1.21
依	1182	92.537124%	690	83.88122%	0.91
醫	1326	93.960523%	794	86.47411%	0.92
夷	324	67.552512%	2474	99.37938%	1.47
宜	227	59.582026%	912	88.86415%	1.49
移	963	89.520749%	725	84.82155%	0.95
疑	574	79.943333%	1341	94.37570%	1.18
儀	669	82.991106%	1257	93.58260%	1.13
遺	507	77.369154%	1105	91.85108%	1.19
乙	555	79.241352%	781	86.17809%	1.09

字 種	漢書序號	漢書累積覆蓋率	現代漢語序號	現代漢語累積覆蓋率	差 值
已	193	55.922231%	182	53.49442%	0.96
以	2	3.503301%	18	17.01697%	4.86
矣	154	51.005001%	2134	98.60151%	1.93
倚	1629	96.017125%	2490	99.40797%	1.04
亦	174	53.641479%	1070	91.38743%	1.70
役	1205	92.789059%	1634	96.54201%	1.04
抑	1468	95.042151%	1841	97.58805%	1.03
易	248	61.561378%	466	75.49159%	1.23
疫	1811	96.855166%	2024	98.26817%	1.01
益	287	64.810625%	689	83.85364%	1.29
逸	1498	95.241756%	2440	99.31622%	1.04
意	240	60.831363%	168	51.70689%	0.85
溢	1286	93.602555%	2339	99.11077%	1.06
義	228	59.681081%	125	45.20895%	0.76
億	1883	97.119935%	1221	93.21251%	0.96
毅	2203	98.024386%	1815	97.47398%	0.99
誼	806	86.470484%	1944	97.99471%	1.13
翼	1078	91.248664%	1833	97.55346%	1.07
藝	1444	94.877185%	520	77.93746%	0.82
譯	1515	95.350779%	1655	96.66307%	1.01
議	297	65.592971%	336	67.79742%	1.03
因	199	56.604152%	112	42.92353%	0.76
姻	2250	98.129048%	1905	97.84860%	1.00
音	859	87.595846%	388	71.24229%	0.81
殷	628	81.754354%	2271	98.95688%	1.21
陰	234	60.265816%	1074	91.44174%	1.52
寅	786	86.014334%	2895	99.94951%	1.16
淫	768	85.588585%	2877	99.93156%	1.17
銀	1625	95.995694%	786	86.29247%	0.90
引	478	76.135019%	493	76.75868%	1.01
飲	1776	96.714869%	1728	97.05629%	1.00
隱	957	89.418953%	1492	95.60171%	1.07
印	676	83.189839%	752	85.49650%	1.03
英	1438	94.834697%	533	78.48005%	0.83
嬰	595	80.676962%	2432	99.30097%	1.23

字　種	漢書序號	漢書累積覆蓋率	現代漢語序號	現代漢語累積覆蓋率	差　值
應	428	73.772032%	108	42.19336%	0.57
鷹	2720	98.872769%	2682	99.70442%	1.01
迎	760	85.394712%	1081	91.53591%	1.07
盈	1202	92.756664%	1951	98.01995%	1.06
熒	1403	94.577404%	2918	99.97189%	1.06
營	903	88.453948%	528	78.27393%	0.88
贏	1940	97.312313%	2447	99.32942%	1.02
庸	1168	92.378387%	2400	99.23819%	1.07
雍	637	82.037065%	2943	99.99543%	1.22
擁	1769	96.685464%	1395	94.84209%	0.98
永	525	78.091195%	980	90.04932%	1.15
勇	1016	90.367761%	1246	93.47128%	1.03
湧	2108	97.797245%	1805	97.42878%	1.00
用	148	50.141667%	24	19.85984%	0.40
幽	899	88.379189%	2192	98.75995%	1.12
憂	573	79.906951%	1877	97.73810%	1.22
優	1413	94.652660%	691	83.90874%	0.89
尤	759	85.370291%	1351	94.46297%	1.11
由	579	80.123002%	113	43.10369%	0.54
郵	1815	96.870616%	1901	97.83317%	1.01
游	611	81.207621%	767	85.85364%	1.06
猶	441	74.425171%	2105	98.51764%	1.32
友	998	90.090906%	719	84.66535%	0.94
有	17	16.508636%	7	10.42612%	0.63
又	129	47.240919%	148	48.90438%	1.04
右	204	57.164964%	623	81.83167%	1.43
幼	1041	90.734575%	1334	94.31382%	1.04
佑	2656	98.795518%	2803	99.85211%	1.01
誘	1666	96.209627%	2097	98.49401%	1.02
于	94	40.885338%	29	21.93345%	0.54
予	604	80.977241%	1064	91.30521%	1.13
魚	1075	91.207920%	571	79.97112%	0.88
愚	698	83.796129%	2362	99.15991%	1.18
漁	1726	96.497696%	1468	95.42492%	0.99
餘	109	43.774125%	609	81.35883%	1.86

字 種	漢書序號	漢書累積覆蓋率	現代漢語序號	現代漢語累積覆蓋率	差 值
輿	973	89.687709%	2138	98.61285%	1.10
宇	1361	94.250211%	1742	97.12709%	1.03
羽	393	71.895597%	1880	97.75022%	1.36
雨	582	80.228412%	797	86.54168%	1.08
禹	443	74.522855%	2872	99.92645%	1.34
與	36	25.457957%	134	46.72557%	1.84
語	365	70.246428%	787	86.31526%	1.23
玉	816	86.692018%	964	89.78078%	1.04
育	1215	92.895715%	475	75.92091%	0.82
域	895	88.303434%	1004	90.43538%	1.02
欲	84	38.806184%	1414	95.00081%	2.45
喻	2758	98.915381%	2694	99.72009%	1.01
寓	2500	98.581834%	2545	99.50177%	1.01
遇	874	87.895627%	1047	91.06680%	1.04
愈	1139	92.036990%	1106	91.86399%	1.00
獄	412	72.941716%	1836	97.56648%	1.34
豫	1027	90.531856%	2372	99.18094%	1.10
諭	1056	90.946266%	2373	99.18302%	1.09
禦	2096	97.765847%	1860	97.66850%	1.00
譽	1328	93.977717%	1958	98.04499%	1.04
鬱	1525	95.413326%	2285	98.98978%	1.04
冤	1319	93.900218%	2062	98.38845%	1.05
淵	1431	94.784484%	2695	99.72139%	1.05
元	47	29.297047%	358	69.31515%	2.37
原	465	75.556389%	147	48.75570%	0.65
員	1165	92.343998%	195	55.05061%	0.60
援	2067	97.689843%	1283	93.83811%	0.96
園	809	86.537268%	1162	92.55451%	1.07
緣	1380	94.401098%	1364	94.57577%	1.00
遠	399	72.235125%	549	79.11923%	1.10
怨	568	79.724167%	2052	98.35746%	1.23
願	376	70.909909%	806	86.74223%	1.22
曰	10	11.379964%	2042	98.32599%	8.64
約	674	83.133272%	421	73.16118%	0.88
月	27	21.739353%	170	51.96861%	2.39

字　種	漢書序號	漢書累積覆蓋率	現代漢語序號	現代漢語累積覆蓋率	差　值
岳	2646	98.783059%	2323	99.07586%	1.00
越	387	71.551834%	381	70.80625%	0.99
粵	2630	98.763123%	2588	99.57051%	1.01
躍	2706	98.857070%	1453	95.31093%	0.96
雲	420	73.361110%	738	85.15213%	1.16
允	1738	96.551522%	1483	95.53604%	0.99
運	1491	95.195530%	239	59.74237%	0.63
雜	886	88.130618%	635	82.22375%	0.93
宰	952	89.332981%	2467	99.36660%	1.11
載	794	86.198987%	694	83.99114%	0.97
再	931	88.963675%	308	65.73088%	0.74
在	85	39.018622%	4	7.80162%	0.20
贊	1068	91.112230%	1156	92.48298%	1.02
葬	693	83.659820%	2142	98.62414%	1.18
遭	1024	90.487499%	1151	92.42291%	1.02
鑿	2077	97.716133%	2287	98.99444%	1.01
早	1554	95.591376%	582	80.38603%	0.84
棗	1930	97.279918%	2750	99.79038%	1.03
造	917	88.710992%	271	62.71088%	0.71
則	81	38.161020%	256	61.37128%	1.61
責	727	84.566265%	660	83.00336%	0.98
擇	1158	92.263134%	1059	91.23592%	0.99
澤	569	79.760798%	1011	90.54134%	1.14
賊	460	75.328625%	2152	98.65212%	1.31
曾	608	81.109439%	637	82.28763%	1.01
增	850	87.411692%	286	63.97703%	0.73
贈	2353	98.335879%	2409	99.25613%	1.01
軋	2669	98.811716%	1260	93.61264%	0.95
乍	2173	97.955110%	2926	99.97953%	1.02
詐	825	86.886265%	2533	99.48192%	1.14
齋	2485	98.559407%	2561	99.52777%	1.01
宅	1244	93.194623%	2309	99.04466%	1.06
展	2387	98.397804%	190	54.46467%	0.55
斬	404	72.510734%	2494	99.41502%	1.37
占	869	87.796697%	622	81.79837%	0.93

字 種	漢書序號	漢書累積覆蓋率	現代漢語序號	現代漢語累積覆蓋率	差 值
戰	396	72.066669%	253	61.09225%	0.85
張	252	61.913490%	350	68.77378%	1.11
章	262	62.766981%	581	80.34869%	1.28
掌	1058	90.974176%	826	87.17539%	0.96
丈	1013	90.322408%	1738	97.10696%	1.08
帳	2034	97.598637%	1910	97.86777%	1.00
障	1957	97.367385%	1268	93.69193%	0.96
招	1031	90.590416%	1147	92.37456%	1.02
昭	288	64.889993%	2179	98.72568%	1.52
召	363	70.124074%	1380	94.71379%	1.35
兆	673	83.104864%	2085	98.45825%	1.18
詔	136	48.331394%	2417	99.27186%	2.05
趙	179	54.258983%	965	89.79767%	1.65
遮	1534	95.469395%	2272	98.95926%	1.04
折	964	89.537570%	1027	90.77896%	1.01
哲	2365	98.358307%	1303	94.02914%	0.96
者	16	15.819489%	177	52.87067%	3.34
珍	1540	95.506276%	1479	95.50661%	1.00
貞	1356	94.209717%	2418	99.27382%	1.05
眞	2559	98.667557%	325	67.00468%	0.68
枕	1961	97.379969%	2705	99.73427%	1.02
振	1032	90.604994%	918	88.97346%	0.98
朕	347	69.109105%	2913	99.96708%	1.45
震	691	83.604997%	1345	94.41068%	1.13
征	891	88.227181%	871	88.08915%	1.00
爭	541	78.711939%	287	64.05912%	0.81
蒸	2491	98.568378%	978	90.01609%	0.91
整	2504	98.587815%	356	69.18104%	0.70
正	150	50.433225%	141	47.84639%	0.95
政	301	65.892876%	120	44.34380%	0.67
鄭	524	78.051822%	1525	95.83758%	1.23
證	2318	98.269718%	303	65.34509%	0.66
之	1	2.049126%	67	33.49173%	16.34
支	795	86.221913%	422	73.21654%	0.85
芝	2488	98.563892%	2202	98.78590%	1.00

字 種	漢書序號	漢書累積覆蓋率	現代漢語序號	現代漢語累積覆蓋率	差 值
枝	1830	96.927557%	1371	94.63627%	0.98
知	131	47.555651%	226	58.43322%	1.23
織	1577	95.726564%	382	70.86892%	0.74
直	401	72.346017%	186	53.98557%	0.75
執	493	76.783173%	865	87.97088%	1.15
殖	1778	96.723093%	979	90.03273%	0.93
職	511	77.533498%	628	81.99655%	1.06
止	497	76.951753%	563	79.66435%	1.04
旨	2740	98.895196%	1913	97.87923%	0.99
指	682	83.357422%	241	59.93927%	0.72
至	34	24.704891%	331	67.43947%	2.73
志	808	86.515090%	283	63.72887%	0.74
制	295	65.440215%	94	39.49817%	0.60
治	132	47.711149%	269	62.53599%	1.31
秩	841	87.224920%	1642	96.58861%	1.11
致	451	74.907736%	599	81.00767%	1.08
智	1149	92.157351%	1450	95.28788%	1.03
稚	2503	98.586320%	2897	99.95148%	1.01
置	273	63.680777%	467	75.53953%	1.19
滯	2689	98.836636%	2491	99.40974%	1.01
幟	2425	98.463591%	2204	98.79108%	1.00
質	945	89.211623%	154	49.78135%	0.56
中	26	21.282081%	11	13.12584%	0.62
忠	447	74.716853%	1496	95.63069%	1.28
終	330	67.966673%	734	85.05174%	1.25
鐘	1229	93.041743%	846	87.59109%	0.94
種	919	88.747374%	50	28.88703%	0.33
仲	513	77.614611%	1474	95.46968%	1.23
重	242	61.016888%	103	41.25517%	0.68
眾	229	59.779637%	389	71.30397%	1.19
州	379	71.087211%	683	83.68673%	1.18
舟	1814	96.866753%	1442	95.22573%	0.98
周	146	49.848241%	408	72.42604%	1.45
晝	1510	95.319006%	2520	99.46004%	1.04
朱	659	82.701293%	1107	91.87689%	1.11

字 種	漢書序號	漢書累積覆蓋率	現代漢語序號	現代漢語累積覆蓋率	差 值
株	2752	98.908653%	1284	93.84781%	0.95
珠	1304	93.767521%	1365	94.58443%	1.01
諸	71	35.869427%	1435	95.17075%	2.65
竹	1455	94.953812%	1372	94.64490%	1.00
逐	738	84.847854%	728	84.89889%	1.00
燭	1553	95.585395%	2683	99.70574%	1.04
主	164	52.361741%	37	24.79216%	0.47
屬	186	55.100388%	480	76.15751%	1.38
助	742	84.948778%	641	82.41404%	0.97
注	1674	96.249997%	548	79.07989%	0.82
柱	1298	93.713446%	1254	93.55241%	1.00
祝	954	89.367370%	1630	96.51846%	1.08
著	516	77.735221%	61	31.95759%	0.41
著	516	77.735221%	829	87.23900%	1.12
貯	2693	98.841619%	1397	94.85909%	0.96
築	1234	93.093201%	1035	90.89507%	0.98
鑄	1090	91.409893%	1294	93.94387%	1.03
專	805	86.448057%	473	75.82578%	0.88
轉	915	88.674609%	310	65.88445%	0.74
莊	1670	96.230061%	1203	93.01986%	0.97
裝	2222	98.066998%	383	70.93150%	0.72
壯	935	89.035194%	1326	94.24201%	1.06
狀	921	88.783757%	474	75.87335%	0.85
追	725	84.514557%	1077	91.48221%	1.08
卓	1843	96.976150%	2427	99.29132%	1.02
灼	2677	98.821684%	2857	99.91086%	1.01
酌	2692	98.840373%	2906	99.96029%	1.01
濁	1823	96.901391%	2244	98.89178%	1.02
咨	2343	98.317190%	1961	98.05565%	1.00
茲	654	82.553645%	2423	99.28356%	1.20
滋	1745	96.582547%	2106	98.52060%	1.02
資	1245	93.204716%	215	57.28528%	0.61
子	9	10.563479%	47	27.98089%	2.65
紫	1537	95.487960%	1544	95.96887%	1.01
字	648	82.374101%	550	79.15851%	0.96

字 種	漢書序號	漢書累積覆蓋率	現代漢語序號	現代漢語累積覆蓋率	差 值
自	45	28.657240%	81	36.76138%	1.28
宗	207	57.498013%	981	90.06586%	1.57
總	1483	95.142701%	201	55.73745%	0.59
縱	866	87.736891%	1232	93.32727%	1.06
鄒	1505	95.287109%	2858	99.91192%	1.05
走	587	80.402848%	333	67.58276%	0.84
奏	221	58.980471%	989	90.19726%	1.53
租	1170	92.401313%	1575	96.17531%	1.04
足	270	63.433701%	596	80.89980%	1.28
卒	210	57.827323%	2920	99.97381%	1.73
族	746	85.048830%	444	74.40103%	0.87
阻	1529	95.438246%	777	86.08620%	0.90
祖	254	62.085558%	891	88.47465%	1.43
組	2090	97.750148%	229	58.73906%	0.60
最	894	88.284371%	178	52.99583%	0.60
罪	208	57.608530%	518	77.85239%	1.35
醉	1499	95.248235%	2130	98.59011%	1.04
尊	266	63.102023%	1336	94.33160%	1.49
遵	1106	91.620586%	1482	95.52869%	1.04
左	188	55.337621%	580	80.31132%	1.45
佐	1021	90.442893%	2169	98.69883%	1.09
作	223	59.183066%	28	21.55617%	0.36
坐	187	55.219129%	698	84.10072%	1.52

下邊再以列表的形式進行總結。

《漢書》與現代漢語相同的 1833 高頻字種分佈情況統計表

差值	字種數	比 例	字種舉例（字種右邊數值為該字種的差值）
大於 1	1028	56.08%	之 16.34　王 10.49　曰 8.64　侯 7.62　以 4.86　其 4.86　太 3.56　帝 3.54　臣 3.41　十 3.39　者 3.34　皆 3.19　年 3.15　故 3.07　為 2.95　漢 2.93　將 2.88　乃 2.82　至 2.73　莽 2.69　言 2.66　諸 2.65　子 2.65　夫 2.65　陽 2.62　尉 2.59
等於 1	95	5.18%	嫌恢湘浩冶護曉擾渡假樸飲墾幟妨牲抵鄰龐岳崖輩肝慎帳掩充姚驅芝遲挫錦緣慮慨芬耕惜逐霧困珍布納考償猜禦叢嫂拳褐附漂蔥征慧杜愈眉炳奮慰削累憤衛旅柔咎臘姻辨遙敏竹醇耀財籌浸侵湧錄牽散諧雕讓暢慘掘陪浮（全部 95 個字種）

小於 1	710	38.73%	生 0.44 學 0.44 理 0.44 地 0.43 機 0.42 量 0.41 著 0.41 部 0.41 同 0.40 用 0.40 會 0.39 分 0.38 作 0.36 電 0.36 裏 0.36 面 0.33 動 0.33 種 0.33 對 0.31 來 0.31 說 0.30 工 0.29 就 0.29 我 0.25 是 0.24 到 0.23 一 0.22 要 0.21 在 0.20 他 0.18 和 0.16

這 1833 個與現代漢語相同的高頻字種，第一行 1028 個字種，占總數的 56.08%，是《漢書》所代表的年代頻率高而現代漢語頻率低的字種，表中列舉的，是差值最大的 26 個。第二行開列了差值等於 1，即在累積覆蓋率上古今沒有變化的全部 95 個字種。最後一行開列的，則是差值小於 1，即古代頻率低而現代頻率高的字種，占 38.73%。這裡列舉的字例是差值最大、最典型的 31 個。比如「我他是到電機」，憑一般人的語感都能夠體會到它們在古今的差異。

接下來我們可以對比現代漢語字表中有而《漢書》中所無的高頻字。

在兩類 2948 極高頻字中，現代漢語有 467 個與《漢書》相應區段不同的字種，為進一步觀察，我們調用了《漢書》其他區段的相應信息進行對比。

現代漢語 2948 高頻字中與《漢書》相異的 467 字種對比表

字 種	現代漢語序號	現代漢語累積覆蓋率	漢書序號	漢書累積覆蓋率	差值
埃	1407	94.94298%	3879	99.634681%	0.95
礙	1493	95.60896%	5709	99.975704%	0.96
昂	1932	97.95073%	4872	99.871416%	0.98
熬	2624	99.62446%	4486	99.805005%	1.00
傲	2495	99.41677%	3919	99.649633%	1.00
奧	1673	96.76415%	3075	99.206814%	0.98
把	105	41.63259%	3292	99.356954%	0.42
靶	2927	99.98047%	5410	99.938449%	1.00
斑	1911	97.87159%	5305	99.925366%	0.98
板	600	81.04341%	4118	99.713302%	0.81
版	1190	92.87623%	3170	99.277834%	0.94
胞	935	89.27796%	3496	99.471085%	0.90
逼	1705	96.93716%	4455	99.797280%	0.97
斃	2869	99.92336%	2970	99.122088%	1.01
遍	1016	90.61622%	3498	99.472081%	0.91
標	448	74.60323%	5515	99.951532%	0.75
餅	1916	97.89064%	3958	99.664210%	0.98

字　種	現代漢語序號	現代漢語累積覆蓋率	漢書序號	漢書累積覆蓋率	差值
泊	2086	98.46125%	3070	99.203076%	0.99
駁	2005	98.20581%	5279	99.922127%	0.98
才	347	68.56816%	2945	99.100283%	0.69
荏	2381	99.19952%	3762	99.590947%	1.00
纏	2325	99.08026%	3351	99.393710%	1.00
闡	2167	98.69338%	3992	99.676919%	0.99
腸	2011	98.22565%	3175	99.281572%	0.99
唱	803	86.67581%	3371	99.406170%	0.87
抄	2248	98.90158%	5809	99.988163%	0.99
澄	2335	99.10210%	4528	99.815471%	0.99
吃	625	81.89777%	3417	99.431712%	0.82
翅	2235	98.86951%	5509	99.950784%	0.99
沖	669	83.27537%	4273	99.751927%	0.83
抽	1071	91.40108%	4822	99.865186%	0.92
稠	2642	99.65021%	2859	99.020292%	1.01
綢	2193	98.76256%	4569	99.825688%	0.99
臭	2208	98.80134%	3608	99.526904%	0.99
鋤	2890	99.94457%	4656	99.844503%	1.00
雛	1917	97.89443%	4258	99.748189%	0.98
喘	2583	99.56272%	3847	99.622720%	1.00
床	1034	90.88069%	4654	99.844253%	0.91
錘	2267	98.94734%	4851	99.868799%	0.99
唇	2355	99.14506%	3306	99.365675%	1.00
茨	2745	99.78431%	4103	99.709564%	1.00
詞	1131	92.17891%	3699	99.567398%	0.93
粗	1109	91.90261%	5328	99.928232%	0.92
脆	1874	97.72595%	4180	99.728752%	0.98
粹	2059	98.37919%	3688	99.563287%	0.99
措	960	89.71295%	2896	99.057173%	0.91
耽	2842	99.89491%	3092	99.219523%	1.01
擔	859	87.85183%	3199	99.299016%	0.88
簞	2878	99.93258%	4233	99.741959%	1.00
膽	1590	96.27251%	3162	99.271854%	0.97
淡	1307	94.06672%	3341	99.387480%	0.95
的	1	4.16714%	3121	99.241203%	0.04

字 種	現代漢語序號	現代漢語累積覆蓋率	漢書序號	漢書累積覆蓋率	差值
燈	958	89.67894%	3883	99.636176%	0.90
迪	2326	99.08245%	3245	99.327673%	1.00
遞	1546	95.98239%	3034	99.176163%	0.97
締	2139	98.61568%	5043	99.892722%	0.99
顛	2060	98.38228%	4748	99.855966%	0.99
點	99	40.48964%	5381	99.934836%	0.41
佃	2921	99.97477%	5143	99.905182%	1.00
甸	2413	99.26402%	3127	99.245688%	1.00
奠	2630	99.63318%	4930	99.878642%	1.00
墊	1933	97.95445%	3442	99.444172%	0.99
凋	486	76.43829%	3375	99.408662%	0.77
釣	2722	99.75583%	2909	99.068885%	1.01
跌	2306	99.03790%	3171	99.278582%	1.00
盯	2293	99.00829%	5455	99.944056%	0.99
釘	1821	97.50078%	4681	99.847618%	0.98
棟	2652	99.66404%	3894	99.640288%	1.00
逗	2908	99.96223%	3991	99.676546%	1.00
堵	2023	98.26492%	2941	99.096795%	0.99
鍛	1865	97.68927%	3469	99.457628%	0.98
堆	1078	91.49565%	2948	99.102900%	0.92
兌	2707	99.73682%	4275	99.752425%	1.00
蹲	2255	98.91854%	4425	99.789804%	0.99
鈍	2644	99.65299%	3167	99.275592%	1.00
俄	1227	93.27523%	3470	99.458127%	0.94
娥	2938	99.99079%	2904	99.064524%	1.01
額	972	89.91568%	4560	99.823446%	0.90
鵝	2450	99.33503%	5525	99.952778%	0.99
扼	2708	99.73810%	5157	99.906926%	1.00
餌	1966	98.07323%	3365	99.402432%	0.99
返	1768	97.25497%	3534	99.490023%	0.98
坊	2506	99.43600%	4685	99.848116%	1.00
仿	1419	95.04169%	3300	99.361938%	0.96
紡	1187	92.84246%	2918	99.076734%	0.94
訪	1038	90.93815%	2928	99.085456%	0.92
菲	2123	98.57004%	3119	99.239708%	0.99

字　種	現代漢語序號	現代漢語累積覆蓋率	漢書序號	漢書累積覆蓋率	差值
肺	2111	98.53526%	3002	99.149998%	0.99
氛	2329	99.08902%	3156	99.267368%	1.00
粉	699	84.12805%	4537	99.817714%	0.84
糞	2000	98.18917%	3129	99.247183%	0.99
蜂	2194	98.76516%	4552	99.821452%	0.99
縫	1415	95.00903%	4401	99.783824%	0.95
佛	1330	94.27807%	3562	99.503978%	0.95
幅	1007	90.48097%	4836	99.866930%	0.91
複	392	71.48670%	4535	99.817216%	0.72
釜	2849	99.90239%	3752	99.587209%	1.00
該	495	76.84848%	3364	99.401809%	0.77
杆	991	90.22983%	4168	99.725761%	0.90
竿	2573	99.54699%	3149	99.262135%	1.00
岡	2536	99.48692%	5416	99.939197%	1.00
槓	2092	98.47915%	2943	99.098539%	0.99
哥	967	89.83144%	3691	99.564408%	0.90
梗	2680	99.70178%	4954	99.881633%	1.00
勾	1732	97.07663%	4868	99.870917%	0.97
鉤	2034	98.30046%	4396	99.782578%	0.99
構	437	74.03437%	3003	99.150870%	0.75
痼	2807	99.85657%	4673	99.846621%	1.00
刮	1960	98.05210%	4186	99.730247%	0.98
呱	2772	99.81661%	5859	99.994393%	1.00
掛	1235	93.35840%	5406	99.937951%	0.93
裸	2564	99.53259%	5061	99.894965%	1.00
瑰	2854	99.90770%	3422	99.434204%	1.00
棍	2314	99.05587%	4453	99.796782%	0.99
裹	2638	99.64460%	3071	99.203824%	1.00
孩	814	86.91721%	4423	99.789306%	0.87
杭	1886	97.77427%	3850	99.623841%	0.98
毫	778	86.10918%	4439	99.793293%	0.86
郝	2709	99.73937%	3325	99.377512%	1.00
喝	1430	95.13083%	5205	99.912907%	0.95
核	762	85.73592%	3369	99.404924%	0.86
嘿	2650	99.66130%	3013	99.159592%	1.01

字 種	現代漢語序號	現代漢語累積覆蓋率	漢書序號	漢書累積覆蓋率	差值
很	175	52.61540%	5811	99.988412%	0.53
狠	1792	97.36895%	5744	99.980064%	0.97
恒	1829	97.53605%	4763	99.857835%	0.98
喉	2221	98.83432%	4500	99.808494%	0.99
猴	2754	99.79518%	3283	99.351347%	1.00
幻	1969	98.08372%	5793	99.986170%	0.98
換	654	82.81922%	3711	99.571884%	0.83
煥	2845	99.89813%	3439	99.442677%	1.00
灰	1054	91.16594%	3232	99.319574%	0.92
揮	788	86.33804%	5841	99.992150%	0.86
輝	1600	96.33603%	3096	99.222513%	0.97
匯	1298	93.98190%	3501	99.473577%	0.94
賄	2661	99.67634%	3987	99.675050%	1.00
夥	1212	93.11714%	3408	99.427226%	0.94
緝	2914	99.96804%	3819	99.612253%	1.00
岌	2318	99.06481%	4559	99.823197%	0.99
脊	2482	99.39381%	4021	99.687759%	1.00
擠	1564	96.10272%	3276	99.346986%	0.97
既	740	85.20197%	3927	99.652623%	0.85
寂	2215	98.81913%	2952	99.106389%	1.00
佳	1973	98.09762%	3312	99.369413%	0.99
頰	2893	99.94753%	3346	99.390595%	1.01
煎	2820	99.87097%	3038	99.179153%	1.01
殲	2574	99.54858%	4626	99.839893%	1.00
柬	1239	93.39969%	4136	99.717787%	0.94
鑒	1443	95.23354%	3447	99.446664%	0.96
漿	1388	94.78236%	3032	99.174668%	0.96
薑	1943	97.99109%	4023	99.688507%	0.98
蔣	1735	97.09180%	3143	99.257650%	0.98
醬	2019	98.25191%	2871	99.032253%	0.99
嬌	2860	99.91401%	3520	99.483046%	1.00
澆	1760	97.21606%	5681	99.972215%	0.97
角	235	59.34450%	4141	99.719033%	0.60
腳	875	88.16732%	5443	99.942561%	0.88
絞	2364	99.16414%	3005	99.152614%	1.00

字　種	現代漢語序號	現代漢語累積覆蓋率	漢書序號	漢書累積覆蓋率	差值
繳	1938	97.97291%	3532	99.489027%	0.98
叫	378	70.61705%	3229	99.317706%	0.71
教	317	66.41423%	2866	99.027269%	0.67
窖	2512	99.44637%	4558	99.822947%	1.00
較	227	58.53543%	3008	99.155231%	0.59
轎	2613	99.60833%	5395	99.936580%	1.00
截	1184	92.80855%	3079	99.209804%	0.94
潔	1440	95.21009%	3006	99.153486%	0.96
姐	1344	94.40195%	4155	99.722522%	0.95
巾	2222	98.83685%	4463	99.799274%	0.99
筋	1691	96.86280%	3832	99.617113%	0.97
鏡	1323	94.21480%	3184	99.288301%	0.95
局	489	76.57633%	4256	99.747691%	0.77
菊	2296	99.01516%	5532	99.953650%	0.99
拒	1692	96.86822%	3515	99.480554%	0.97
鋸	2259	98.92815%	3518	99.482049%	0.99
瞿	2922	99.97572%	3926	99.652249%	1.00
眷	2813	99.86325%	3090	99.218028%	1.01
菌	1357	94.51511%	4218	99.738221%	0.95
凱	970	89.88202%	5842	99.992275%	0.90
刊	1417	95.02537%	5645	99.967729%	0.95
慷	2948	100.00000%	3580	99.512949%	1.00
糠	2690	99.71488%	3122	99.241950%	1.00
扛	2930	99.98331%	3747	99.585340%	1.00
顆	1471	95.44735%	4243	99.744451%	0.96
咳	2882	99.93660%	5493	99.948791%	1.00
渴	2508	99.43947%	2900	99.061035%	1.00
懇	2592	99.57669%	4149	99.721027%	1.00
坑	1831	97.54477%	4406	99.785070%	0.98
誇	2277	98.97104%	3564	99.504975%	0.99
塊	708	84.37218%	3853	99.624962%	0.85
筐	2931	99.98425%	3841	99.620477%	1.00
饋	2429	99.29518%	2929	99.086328%	1.00
拉	375	70.42655%	4471	99.801267%	0.71
攬	2755	99.79638%	4589	99.830672%	1.00

字 種	現代漢語序號	現代漢語累積覆蓋率	漢書序號	漢書累積覆蓋率	差值
廊	2461	99.35554%	3227	99.316460%	1.00
朗	1201	92.99802%	4959	99.882256%	0.93
澇	2756	99.79758%	4847	99.868301%	1.00
冷	704	84.26419%	4712	99.851480%	0.84
梨	2627	99.62882%	3572	99.508962%	1.00
犁	2098	98.49697%	4971	99.883751%	0.99
鯉	2655	99.66815%	3438	99.442178%	1.00
例	324	66.93159%	3333	99.382496%	0.67
蓮	2016	98.24209%	3539	99.492515%	0.99
聯	297	64.87215%	3829	99.615991%	0.65
簾	2557	99.52130%	3401	99.423738%	1.00
戀	2076	98.43117%	3888	99.638045%	0.99
梁	2527	99.47184%	2870	99.031256%	1.00
亮	920	89.00960%	3194	99.295776%	0.90
寥	2710	99.74065%	3302	99.363184%	1.00
了	6	9.58081%	4261	99.748937%	0.10
劣	1946	98.00194%	4201	99.733985%	0.98
淋	2081	98.44624%	5617	99.964241%	0.98
琳	2864	99.91818%	3690	99.564034%	1.00
霖	2940	99.99265%	3590	99.517933%	1.00
磷	1304	94.03855%	3507	99.476567%	0.95
玲	2261	98.93295%	5562	99.957388%	0.99
淩	2095	98.48807%	4112	99.711807%	0.99
菱	2345	99.12371%	4222	99.739218%	0.99
鈴	1912	97.87541%	4467	99.800271%	0.98
籠	1824	97.51407%	2990	99.139531%	0.98
壟	1866	97.69338%	3597	99.521422%	0.98
縷	2894	99.94852%	4477	99.802763%	1.00
淪	2865	99.91922%	3263	99.338887%	1.01
綸	1834	97.55780%	3913	99.647390%	0.98
裸	2503	99.43078%	3999	99.679536%	1.00
絡	1839	97.57944%	3391	99.418629%	0.98
邁	1872	97.71784%	3472	99.459123%	0.98
蔓	2910	99.96417%	4340	99.768623%	1.00
盲	2185	98.74159%	3223	99.313968%	0.99

字種	現代漢語序號	現代漢語累積覆蓋率	漢書序號	漢書累積覆蓋率	差值
茫	2165	98.68791%	4536	99.817465%	0.99
貿	1206	93.05244%	3001	99.149125%	0.94
玫	2883	99.93760%	4596	99.832417%	1.00
媒	2515	99.45152%	3429	99.437693%	1.00
氓	2492	99.41150%	5324	99.927734%	0.99
泌	2691	99.71618%	5214	99.914028%	1.00
秘	1282	93.82840%	4262	99.749186%	0.94
綿	2262	98.93535%	3215	99.308984%	1.00
秒	1631	96.52435%	5883	99.997383%	0.97
妙	1789	97.35492%	3161	99.271106%	0.98
蔑	2247	98.89914%	3058	99.194105%	1.00
銘	2558	99.52292%	3362	99.400563%	1.00
磨	1117	92.00442%	5129	99.903437%	0.92
沫	2026	98.27465%	3478	99.462114%	0.99
陌	2879	99.93359%	3063	99.197843%	1.01
漠	2058	98.37610%	3573	99.509461%	0.99
那	123	44.86402%	3277	99.347609%	0.45
腦	1012	90.55635%	3056	99.192610%	0.91
釀	2113	98.54109%	3753	99.587583%	0.99
涅	2698	99.72527%	3053	99.190367%	1.01
晶	2785	99.83169%	3051	99.188872%	1.01
蘗	2456	99.34624%	3187	99.290543%	1.00
凝	1181	92.77447%	3986	99.674677%	0.93
紐	2263	98.93775%	3964	99.666453%	0.99
努	1002	90.40489%	4240	99.743703%	0.91
怕	888	88.41747%	4153	99.722024%	0.89
潘	2375	99.18716%	3130	99.247931%	1.00
判	592	80.75487%	3385	99.414891%	0.81
炮	1140	92.28943%	2901	99.061907%	0.93
袍	2725	99.75958%	5719	99.976950%	1.00
泡	1291	93.91515%	5030	99.891102%	0.94
培	856	87.79209%	4244	99.744700%	0.88
盆	1683	96.81924%	3270	99.343248%	0.97
批	527	78.23223%	4124	99.714797%	0.78
疲	2115	98.54691%	5092	99.898827%	0.99

字 種	現代漢語序號	現代漢語累積覆蓋率	漢書序號	漢書累積覆蓋率	差值
飄	1890	97.79016%	3479	99.462612%	0.98
撇	2911	99.96514%	5559	99.957014%	1.00
瓶	1553	96.02952%	5707	99.975454%	0.96
憑	1677	96.78632%	5822	99.989783%	0.97
婆	1554	96.03622%	4144	99.719781%	0.96
撲	1868	97.70157%	4058	99.698350%	0.98
鋪	1521	95.80937%	3538	99.492017%	0.96
凄	2711	99.74192%	3611	99.528399%	1.00
棲	2817	99.86767%	4421	99.788808%	1.00
祺	2775	99.82013%	4323	99.764387%	1.00
企	524	78.10657%	3917	99.648885%	0.78
迄	2769	99.81308%	3110	99.232979%	1.01
棄	1566	96.11598%	4671	99.846372%	0.96
鉛	1473	95.46227%	2947	99.102028%	0.96
欠	2380	99.19747%	5474	99.946423%	0.99
芡	2786	99.83284%	5685	99.972713%	1.00
嵌	2585	99.56584%	5554	99.956391%	1.00
搶	1500	95.65957%	3727	99.577865%	0.96
悄	1776	97.29341%	4269	99.750930%	0.98
敲	2032	98.29403%	5044	99.892846%	0.98
喬	1953	98.02711%	3892	99.639540%	0.98
茄	2856	99.90981%	5530	99.953401%	1.00
瓊	2424	99.28550%	3561	99.503480%	1.00
球	532	78.43924%	4574	99.826934%	0.79
卻	472	75.77820%	3795	99.603282%	0.76
確	346	68.49951%	3440	99.443175%	0.69
群	366	69.84338%	2852	99.013314%	0.71
燃	838	87.42743%	5100	99.899824%	0.88
染	884	88.34102%	3556	99.500988%	0.89
扔	2531	99.47857%	4728	99.853474%	1.00
溶	559	79.50947%	3310	99.368167%	0.80
揉	1923	97.91710%	5371	99.933590%	0.98
軟	1245	93.46110%	3431	99.438689%	0.94
銳	1488	95.57265%	3400	99.423239%	0.96
灑	2250	98.90645%	3382	99.413022%	0.99

字 種	現代漢語序號	現代漢語累積覆蓋率	漢書序號	漢書累積覆蓋率	差值
賽	1382	94.73097%	4848	99.868425%	0.95
砂	1545	95.97563%	5033	99.891476%	0.96
紗	1215	93.14926%	5084	99.897830%	0.93
篩	1650	96.63455%	5121	99.902440%	0.97
曬	2013	98.23223%	5148	99.905804%	0.98
珊	2903	99.95735%	3812	99.609637%	1.00
扇	1763	97.23071%	3354	99.395579%	0.98
梢	2610	99.60387%	3433	99.439686%	1.00
邵	1994	98.16911%	3307	99.366298%	0.99
伸	1026	90.76435%	3182	99.286805%	0.91
滲	1802	97.41507%	4052	99.696855%	0.98
笙	2575	99.55016%	4279	99.753422%	1.00
濕	1029	90.80816%	3125	99.244193%	0.91
抒	2726	99.76083%	5409	99.938324%	1.00
蔬	1288	93.88638%	5401	99.937328%	0.94
熟	795	86.49666%	2892	99.053186%	0.87
刷	1755	97.19159%	3898	99.641783%	0.98
睡	1292	93.92474%	3428	99.437194%	0.94
聳	2925	99.97858%	5669	99.970720%	1.00
酸	429	73.60220%	2934	99.090689%	0.74
隋	2791	99.83855%	4663	99.845375%	1.00
穗	1702	96.92141%	4067	99.700593%	0.97
鎖	1620	96.45881%	3642	99.543850%	0.97
踏	1593	96.29174%	5352	99.931222%	0.96
胎	1986	98.14211%	3238	99.323312%	0.99
灘	1647	96.61737%	4874	99.871665%	0.97
坦	1170	92.64812%	5101	99.899948%	0.93
嘆	1820	97.49633%	2942	99.097667%	0.98
滔	2619	99.61715%	3315	99.371282%	1.00
濤	2207	98.79878%	3624	99.534879%	0.99
踢	2617	99.61421%	5603	99.962496%	1.00
蹄	2716	99.74828%	5407	99.938075%	1.00
替	1108	91.88979%	3101	99.226251%	0.93
塡	1538	95.92805%	4721	99.852601%	0.96
途	1385	94.75669%	4313	99.761895%	0.95

字　種	現代漢語序號	現代漢語累積覆蓋率	漢書序號	漢書累積覆蓋率	差值
兔	2453	99.34065%	3321	99.375020%	1.00
蛻	2904	99.95833%	5843	99.992400%	1.00
拖	1320	94.18738%	4315	99.762393%	0.94
脫	815	86.93899%	3230	99.318329%	0.88
妥	1922	97.91334%	5388	99.935708%	0.98
橢	2486	99.40089%	4838	99.867179%	1.00
拓	2218	98.82673%	4488	99.805504%	0.99
娃	2069	98.40994%	5523	99.952528%	0.98
彎	1331	94.28702%	3216	99.309607%	0.95
頑	1879	97.74618%	3268	99.342002%	0.98
汪	1939	97.97656%	4348	99.770616%	0.98
吻	2628	99.63028%	3846	99.622346%	1.00
渦	2473	99.37756%	4603	99.834161%	1.00
渥	2620	99.61861%	3163	99.272601%	1.00
污	1433	95.15481%	3612	99.528898%	0.96
悟	1964	98.06621%	3361	99.399940%	0.99
晰	2341	99.11510%	5367	99.933091%	0.99
溪	1954	98.03069%	4447	99.795287%	0.98
嘻	2674	99.69383%	3969	99.668322%	1.00
膝	2591	99.57515%	2898	99.059166%	1.01
醯	2353	99.14081%	3452	99.449156%	1.00
隙	1603	96.35479%	4138	99.718286%	0.97
蝦	1559	96.06955%	3583	99.514445%	0.97
狹	2120	98.56140%	3080	99.210552%	0.99
轄	2033	98.29725%	4213	99.736975%	0.99
霞	1993	98.16574%	5361	99.932344%	0.98
仙	2065	98.39769%	3234	99.320820%	0.99
鹹	2150	98.64655%	3719	99.574874%	0.99
綫	138	47.37677%	3766	99.592442%	0.48
香	851	87.69210%	3011	99.157847%	0.88
廂	2587	99.56895%	4307	99.760400%	1.00
箱	1157	92.49493%	2964	99.116855%	0.93
想	181	53.37050%	3102	99.226999%	0.54
餉	2621	99.62008%	3193	99.295029%	1.00
響	417	72.93693%	4609	99.835656%	0.73

字 種	現代漢語序號	現代漢語累積覆蓋率	漢書序號	漢書累積覆蓋率	差值
淆	2825	99.87646%	5168	99.908296%	1.00
攜	2342	99.11726%	5389	99.935832%	0.99
屑	2504	99.43252%	3031	99.173920%	1.00
醒	1618	96.44676%	5484	99.947669%	0.96
杏	2488	99.40443%	4079	99.703583%	1.00
胸	1562	96.08947%	3042	99.182144%	0.97
秀	1225	93.25434%	2980	99.130810%	0.94
袖	1406	94.93469%	4772	99.858956%	0.95
溴	2489	99.40620%	3605	99.525409%	1.00
需	371	70.16906%	4668	99.845998%	0.70
懸	1614	96.42258%	2854	99.015308%	0.97
詢	2305	99.03564%	3545	99.495506%	1.00
迅	749	85.42355%	3840	99.620103%	0.86
呀	956	89.64485%	5255	99.919136%	0.90
押	2066	98.40076%	4357	99.772859%	0.99
壓	282	63.64586%	3331	99.381250%	0.64
衙	2612	99.60685%	3548	99.497001%	1.00
咽	2505	99.43427%	3243	99.326427%	1.00
淹	2853	99.90664%	4187	99.730496%	1.00
岩	985	90.13181%	5483	99.947545%	0.90
研	373	70.29882%	3610	99.527901%	0.71
眼	461	75.24823%	3965	99.666827%	0.75
彥	2641	99.64882%	5900	99.999502%	1.00
腰	1363	94.56711%	4139	99.718535%	0.95
邀	1869	97.70565%	5723	99.977448%	0.98
肴	2361	99.15780%	2853	99.014311%	1.00
搖	1154	92.45902%	3398	99.422243%	0.93
謠	2459	99.35183%	3490	99.468094%	1.00
耶	2253	98.91372%	3212	99.307115%	1.00
椅	2270	98.95449%	4995	99.886741%	0.99
奕	2704	99.73298%	3477	99.461615%	1.00
憶	1379	94.70519%	5813	99.988662%	0.95
蔭	2480	99.39023%	4905	99.875527%	1.00
吟	2344	99.12157%	3403	99.424735%	1.00
櫻	2629	99.63173%	3973	99.669817%	1.00

字　種	現代漢語序號	現代漢語累積覆蓋率	漢書序號	漢書累積覆蓋率	差值
穎	2412	99.26206%	2999	99.147381%	1.00
傭	2657	99.67089%	3393	99.419751%	1.00
泳	2622	99.62154%	4102	99.709315%	1.00
悠	2166	98.69065%	3651	99.548335%	0.99
油	290	64.30457%	3820	99.612627%	0.65
淤	2793	99.84083%	3105	99.229241%	1.01
愉	2475	99.38120%	3135	99.251669%	1.00
浴	2358	99.15144%	3322	99.375643%	1.00
裕	2007	98.21244%	3451	99.448657%	0.99
預	776	86.06313%	3703	99.568894%	0.86
袁	703	84.23703%	3240	99.324558%	0.85
圓	481	76.20448%	5791	99.985921%	0.76
源	591	80.71829%	3506	99.476069%	0.81
悅	2334	99.09993%	4092	99.706823%	0.99
閱	1808	97.44241%	4099	99.708567%	0.98
孕	2454	99.34252%	3173	99.280077%	1.00
鄆	2635	99.64034%	3546	99.496004%	1.00
暈	2444	99.32377%	3050	99.188124%	1.00
蘊	2577	99.55332%	5687	99.972962%	1.00
暫	1582	96.22097%	5154	99.906552%	0.96
贓	2778	99.82362%	4534	99.816967%	1.00
糟	2324	99.07806%	3713	99.572631%	1.00
藻	2414	99.26599%	3343	99.388726%	1.00
皂	2539	99.49190%	5513	99.951282%	1.00
燥	1583	96.22746%	3158	99.268863%	0.97
躁	2896	99.95049%	3794	99.602909%	1.00
咋	2760	99.80238%	5433	99.941315%	1.00
沾	2384	99.20567%	3180	99.285310%	1.00
粘	1202	93.00897%	4700	99.849985%	0.93
嶄	2751	99.79158%	5250	99.918513%	1.00
彰	2862	99.91610%	3858	99.626831%	1.00
璋	2766	99.80953%	5879	99.996885%	1.00
仗	1883	97.76231%	5109	99.900945%	0.98
釗	2699	99.72656%	4737	99.854595%	1.00

字 種	現代漢語序號	現代漢語累積覆蓋率	漢書序號	漢書累積覆蓋率	差值
照	490	76.62216%	2887	99.048202%	0.77
浙	1632	96.53025%	3770	99.593938%	0.97
診	2399	99.23619%	3733	99.580107%	1.00
陣	1073	91.42821%	3454	99.450152%	0.92
鎮	994	90.27857%	4690	99.848739%	0.90
汁	1897	97.81765%	3776	99.596180%	0.98
脂	1097	91.74733%	2882	99.043218%	0.93
值	442	74.29887%	5828	99.990531%	0.74
植	783	86.22398%	3374	99.408039%	0.87
蛭	2905	99.95931%	4389	99.780833%	1.00
衷	2529	99.47521%	3004	99.151742%	1.00
腫	2363	99.16203%	4925	99.878019%	0.99
洲	753	85.52074%	3574	99.509959%	0.86
軸	685	83.74283%	4000	99.679910%	0.84
宙	2187	98.74687%	3998	99.679162%	0.99
驟	1845	97.60523%	4929	99.878518%	0.98
豬	1089	91.64233%	3937	99.656361%	0.92
拄	2511	99.44465%	4422	99.789057%	1.00
煮	1819	97.49187%	3345	99.389972%	0.98
住	485	76.39174%	2906	99.066268%	0.77
駐	1176	92.71734%	2971	99.122960%	0.94
撰	2945	99.99727%	3458	99.452146%	1.01
撞	1778	97.30299%	2888	99.049198%	0.98
錐	1828	97.53168%	3017	99.163080%	0.98
捉	1889	97.78620%	5412	99.938698%	0.98
姿	1918	97.89823%	3647	99.546341%	0.98
漬	2873	99.92748%	2939	99.095050%	1.01
綜	1146	92.36243%	2865	99.026273%	0.93
鑽	1265	93.66230%	3664	99.554316%	0.94
昨	1816	97.47846%	3509	99.477564%	0.98
座	931	89.20687%	3376	99.409284%	0.90

　　為方便查閱，上面表格的字種是以音序排列，但是卻不方便分析觀察。下邊以列表的形式進行總結。

現代漢語與《漢書》相異的 467 高頻字種分佈情況統計表

差　值	字種數	比　例	字種舉例（字種右邊數值為該字種的差值）
等於 1.01（大於 1）	18	3.85%	嘿膝涅撰頦淪迄淤稠聶睿耽釣煎陌斃漬娥（全部 18 個字種）
等於 1	142	30.41%	糟蔭橢詢皂渦岡蘊坊耶茌嵌窖綿扔裸彥踢診扯轎纏醞吟杏蔑脊殲寂裸迪奠跌傲浴唇瓊袍笙泌廂蹄璋熬梗氛呱抒扼懇芡咋釗嶄藻漠謠泳沾潺潘喘茄櫻兔攢蛻淆兌咳隋賄贓聳吻撇痼絞媒甸棟嘻廊靶祺蘗孕佃茨棲簾鋤玫咽衙穎梨銘愉暈肴鄆縷梢淹蛭簞蔓饋淒鯉滔傭屑奕逗竿彰釜瞿衷餉渥躁珊琳緝郝筐寥鈍渴扛嬌裏梁猴煥瑰糠霖慷（全部 142 個字種）
小於 1	307	65.74%	球 0.79　批 0.78　企 0.78　照 0.77　該 0.77　住 0.77　凋 0.77　局 0.77　圓 0.76　卻 0.76　眼 0.75　構 0.75　標 0.75　值 0.74　酸 0.74　響 0.73　複 0.72　叫 0.71　研 0.71　拉 0.71　群 0.71　需 0.70　才 0.69　確 0.69　例 0.67　教 0.67　聯 0.65　油 0.65　壓 0.64　角 0.60　較 0.59　想 0.54　很 0.53　綫 0.48　那 0.45　把 0.42　點 0.41　了 0.10　的 0.04

這 467 個與《漢書》相異的高頻字種，第一行僅列舉差值等於 1.01（大於 1），即現代頻率低而古代頻率高的字種，占比例很小，僅 3.85%。第二行列舉的是差值等於 1，即在累積覆蓋率上古今沒有變化的全部 142 個字種。第三行差值小於 1 的字種 307 個，占 65.74%，是《漢書》所代表的年代頻率低而現代漢語中頻率高的字種，表中列舉的，是差值最大的 39 個。比如「的了點把那很」，這都是現代漢語的極高頻字，而《漢書》中卻落到了低頻甚至超低頻區段。

最後作個總結。在古今兩類極高頻的 2948 個字種中，可以用以比較的總共有 2300 個字種。以差值作爲統計標準如下表：

2948 古今兩類極高頻字中可比的 2300 字種屬性分佈表

差　值	相同的兩類極高頻字	極高頻字中現代漢語與漢書相異的	比　例
大於 1	1028	18	45.48%
等於 1	95	142	10.3%
小於 1	710	307	44.22%
合計	1833	467	100%

從上表可以看出，由《漢書》所反映的年代發展到現代，累積覆蓋率由低變高（頻率減低）的字種占 44.2%，累積覆蓋率由高變低（頻率增高）的字種占 45.48%。呈現出這兩類特徵的字種的數量大致相當。而古今在累積覆蓋率上基本未發生變化的字種占 10.3%，這類字種的數量很小。

第九節　以上古主要典籍字頻統計爲基礎確定的古漢語常用詞詞目

古代漢語的學習，把常用詞的掌握，放到了最重要的地位。到目前爲止，已經看到不少於十種的《古漢語常用字字典》，下表僅爲舉例：

書　　　名	主　　編	出　版　社	出版日期
古漢語常用字字典（第四版）	王力、岑麒祥、林燾	商務印書館	2005.7.
古漢語常用字字典	《古漢語常用字字典》編寫組	四川大學出版社	2004.9.
新編古漢語常用字字典	任超奇	湖北辭書出版社	2006.1.
古漢語常用字字典	韓志用	中國大百科全書出版社	2006.10.
古漢語常用字字典	馮燕	中國青年出版社	2008.4.
古漢語常用字字典	楊希義	長春出版社	2009.6.
古漢語常用字字典	于明善	華語教學出版社	2010.1.

古漢語尤其是上古漢語，單音詞占統治地位，在大多的情況下，一個字就是一個詞。上述常用字字典，實際上也就是常用的單音詞詞典。

眾所周知，常用詞詞目的確定，至關重要。而這些《古漢語常用字字典》，一般都收納了數千個不等的單音詞，但是對於這些詞目是如何確定的，大都語焉不詳。我們試以最有影響的王力等主編的《古漢語常用字字典》（以下簡稱《字典》）爲例。這部字典已經印刷了 60 餘次，先後 4 版，發行量達 1000 餘萬冊。以下的議論，主要是就《字典》的第一版。因爲我們討論的是初學者必須掌握的較少數量而效用最大的古漢語常用詞。如果按照《字典》的第四版，詞目近一萬個，屬於常用詞的也有近 6000 個，已經不是初學者能夠負擔的了。不管怎麼講，我們只是把《字典》的字目作爲參照，重點還是在提出經過統計得出的字目。

在這本《字典》中，看不到常用字字目明確的界定標準，《凡例》中提到：

「本字典收古漢語常用字 3700 餘個（不包括異體字）。古今意義相同而且現代漢語中也很常用的字，古書中很少出現的生僻字和意義，古白話和現代漢語中才出現的字和意義，以及詩詞曲中特有的意義一般不收。」我們知道，《古漢語常用字字典》是從王力主編的《古代漢語》教材「常用詞」部分擴充整理而來，在那部《古代漢語》的「凡例」中，我們能看到關於常用詞大致的選定標準：「上冊的常用詞大致是以《春秋三傳》、《詩經》、《論語》、《孟子》、《莊子》書中出現十次以上的詞爲標準，而予以適當的增減。減的是人名、地名、和本書文選中不出現的詞，以及古今詞義沒有差別的詞，增的是古今詞義差別較大而又相當常用的詞。下冊的常用詞一部分也是先秦的常用詞，另一部分是漢魏南北朝的常用詞。至於唐宋以後產生的新詞，則不再收錄。」關於《字典》的修訂，我們還看到了「在增補字頭時，修訂者參考了《漢書》和《史記》的字頻表，使得對確定古漢語的常用字有一個客觀標準」的介紹。

如果沒有理解錯，這些常用詞目的大致標準，主要是秦漢時期典籍中的常用詞，也包括一部分魏晉南北朝時期的常用詞。而比較明確的標準，則是參考《漢書》和《史記》的字頻表。

在拙作《十三經字頻研究》（高等教育出版社 2011 年 12 月）中已經提出過 4000 字的古漢語常用詞（字）詞表，那是依據十三經字頻統計而得出詞表，也許不能準確反映後期漢代字頻的語言事實。

下邊是我們在統計十三經以及《史記》、《漢書》近二百萬字〔註7〕的基礎上，所得到的最高頻的 4000 個字種：

一級字種（1079 個）

之不以子也曰其而爲人王者有公大於侯十年二下三天上君與于
國將月夫無所使中是則故至五一臣四言齊太事相自如諸乃何後
得軍可帝行立楚百及皆民秦出矣六入時東從日漢陽兵此見在晉
長欲能師成死西南卒令士道乎今我文主殺爲千地復安孫平封知
元聞用數謂萬生未后禮周武焉命書然氏父趙明九食七先北亦八

〔註 7〕 在已經統計過十三經、《漢書》的基礎上，再加上《史記》（《表》十卷只錄入了太史公的敘辭，表格中的內容未錄）大部分內容，總計 1940591 字，共 8809 個字種。

餘正德非高山陳逐伯必亡方歸吾伐來家司馬城鄭夏樂會又受小
史孝若居已位春世官治弟請皇信反歲朝守尉當秋功取外作去始
門水拜吏名車宋定擊田多左都心敢服女右罪傳親卽問過河坐因
莽且義郡常叔告少善嗣發重賢法執降丞陵同奴魏宗母初爵里祭
足前賜內邑屬亂韓政石失起稱光詔衞等旣誅薨利冬卿易衆燕孔
凡物金舉廣求免興共匈敗祖還莫辭通雖梁張騎戰魯攻昭弗御甚
往乘代勝夷盡室終尊病謀宣或意惡神面分許喪聽宜建對越首哉
奉仲身益惠白吳陰敬廟召說好單季貴進和海滅葬實宮章盟射衞
破耳獻節致酒戶惟項衣疾關兮客遷古姓星異止孟象徒合猶尙吉
各制婦景爾實縣度遠列風奏置遣老哀幸甲仁聖恐獨羣更學怒曹
庶望桓申難良兄布刑鄉土予計彊次寡毋第舍願久經陛力祀淮朔
奔羽由固嘗劉詩胡邪圍臨思府變觀威廢黃兩視蔡郎州博丘江救
語本襄徙己云商任氣逆唯議厥志帥報原斬聲祠直絕加昌湯號比
愛朕儀獲罷處新克升妻嘉辟內夜間憂祿怨留康延厚待掌應殷傅
流害侍宮富咸澤侵牛退動備忠男丁尹適私川戎崩虞再壽沛吳順
深姬階京近賈器豈喜走飲濟火郊離懷彼篇遺除引路木美雨禹養
虜廷邾尸口李讓微塞諫具設傷賓徵解載辰華雲盜盛職就災斯蓋
疑嬰玉懼送冠紀賊色龍輔業玄祝獄市社稷游並衰教穀率鼎卜顯
賦莊靈收患急勿堂勞禁極伏謝授錢持閒族厲財鼓狄約辛哭野施
危參交林乙丗容稽邊曾暴衡羊遇歌向雍福赦呂甘輕胥息承昔隨
咎泰誠期彭論邦舜俱決禍改化著俗臧慶宰丙保昆房弓被泉畏賞
僕刺頃午姦呂農寧薦舒弱略席迎虛脩烏登莒佐權介魚黃奠逐朱
虎弘旣追霸永淫曲窮棄癸素幣庚考籍薄亥戒犯連戊蒙序校維納
修策貢開釋曷爭壬竟積錯肉卷存材音靡罰凶負旦嚴宿繼隱渠休
疏寵友謁赤寶專辱戚賤孰質穆廉黨竊字茲忘畜矢類悼邯便圖汝
幾畢尺卑旅空巳鳳徐宛谷丑姑捕誰記豐馳唐聘牧苦察散絕酉陶
儒工聚賀役丹采呼顧要震助幽揚簡征寅孤給體洗說涉敖貧困鬼
輒術假充草他頗卯敎獸寬忌戌恩理俎舞妾務某律龜揖享禽果偃
蕭情達兆責襲習堯推蜀崇目寇指舊馮桀放鳥范印手謹典勃余奪

勢奇末寸省恭附蘇莟背勇拔貞姜結杜愚庭肯帛罔敝壹薛郭敵管
振詐弒討驕寢旁婁豪護寒鄙況庸亭干帶頭費笑悉式壯縱眾折饗
屯斂形精半占造輿示牲井符殿伊榮闕觶統忍蒲苟尤須皮鴻躬性
骨監產董頓鹿豹效弃茂端句智靑藏臺繆繇沙曆膠粟翟桑蠻杞斷
幵覆兒鮮巫弔滕樓霍種紂招繫營祥最池部剛恥豫革角候叛慮接
泣兼倉築念垂楊晏壞爭園幼伍悔荀勸旱步屈滿盎選匹灌愼委

二級字種（921 個）

囚釐牢戶羞欒鹽郤違稍丈狩靑阿陸支乾秩彌扶諱皋滎鞁買獵驚
貨辯移肅鳴雒惑畔黑轉擇屠別倍乞距堅增翼貳豆級仇盈攝集貪
每舅劍夕毛盧弒略全勤羌歷表雜巡領辨產衍熊條夢累斤敵差狀
橫齒厭勳樹柔烈讎趨絳姊特述擅飾阼縮盧匡飛案逃譏館狐戴褒
戲蓄隆仰駕避奢旗怪耕戮踐時荒讒削閻險淸匿樊血損沈蒼愈露
疆割短禪宅馴欽冢鐵識雞別域歆冒鐘船璧戌覺酎踰踊豨栗煩敦
補笠甯蘭醢循奈沒據盾顏雅屋肆辜防斗飲諾貶杖誼藥訟密奮竇
淵雄墨徹塗刻毀亨閨孺畫詣奚束強卦匪噲撫溫鄆并否資翁它殊
切浮逢訓履量錫速酈雷琅棘感綏卻飢虐晦郿黎忽側亞渭荊嫁回
崔爰驗試狗鑄沃祖閔壁顓恤犬賁黯巧配緩根逮粵妄佗萊醫劫穿
脫淸朋耦鉅箕篡遭穎謚乏遵減圭鍾牙綏均渡到依陷尼貌隸閉悲
遊贊仕儉耆禦饒賴肥刀懿輸宦醉睢猛績掾諭葉童狂侈央韋祁糧
嗟劾巴酒虖贄完俟驅麻界純秉挾頌奈垣歎黍穰墓瀋鬬圉憲傾柳
靖蟲攸卬尾鮑柏舟愼羅貫葛篤讀蕩璽膳麗竭脯擯角牟抵詳娶慕
恨虢紛殆隴漸隕育涕欺饑妃鄧員雩尋鄰戾恢柱蚤譽誘狼庫格瘝
夙苗賣竹壇橫腹遲抑騫巢脅鼠審洛倫醴戈調酣軹誓什毀闞蔽徇
豕紹佩牡荊肺泄弦衰篋墮展索泗赫怠殘婢郅筵畝憐弁妖遼堪允
贖弩睦沐絰優荼境溢僞燒佞昧几苑薪託祿毒眞披誦甫督逸瑕殤
牽苟痛琴恒棺帷缺迫脈蒯迹環俾宇驪壺溝番慈忿燭雉趣僭夾程
投蝕茅艾租嶽味裳黥櫟飯鳴稅蛇勉臚覽旌昏運俠銅桃矜徼紛殯
啓津闈英細偏括糾閡鹽股珠瑟焚髮藝似藉蟲冰幕冀寄淳晨阻夭
協僖屨甌析區票晃烝毅恬妹僚亢班晝漁雪曼落渾燔棗早翊繩濮

軌汾貳操楹旬豎淺矯湖珍袁絲鈞昏蕃藩邈肖誣米驪犁捷窮鄒溫
拾僑孽蠡曠駒函孿緣邢瑞鵲柯捐靜徑枝憚鴈橋謙敏講基赴隄憚
斥汙漆溺沮稼醜波抱杼巍欣譚台孚貸酬驃摯殖弋巷謚擾闓滑聰
才轅囷熒丕邸訾饋俊拘罕鉤膚隊黜徧譖援骸羹副笞詛圜侑談蔑
潰軻滑禾詭滋贏提際瀆犇掩詘萌慢輪坎導碭擢倚續僵縮恃暮綱
邇謗注鬱瓦填壞罵肩扈孛織突霜汲規箄舌芮刃枚蹇彗繪腠毆眠
祈練涇幹鉏瞻齏誥段漕包湛犧侮桐暑攘羈洪穀驃菹算邛麥裂錦
瞽膏匈總奄囊默芒賄禱但宴繡銷契勒創倡按洽啓蓬錄坤兢昊肱
遁札諛希臥麋裏髡絮簿冤磬品邳戟闞殷眞祇冥麟劇機縛斧墳餓
郁陘仍黔巨椒脊皐銖鄲繹谿銳旄儋蠱濁陰疫佚冶搖壻絜犀誤象
譬快巾盍羔匄禘敕陟殃炎署潤強泣蚩範祗遮竈裔軒虧駿倦究婚
稻憨裨姻頊姒匭健煌紅搏臂弊咨旃巽穴晚潛岐宏繁飭懲扁濞騷
屛貝陂

三級字種（2000 個）

卓枕旋隰緫淑眇漏駭氏答觸紫粥甄俞億敍暇枉募鹵零鳩技謹含
忿愁亳悖濯詹煬歇壓郊熱惥壘輯貉鰾个拊螽浴隅鄢牆媚苴猾疊
飽組旨悅臾剖叩匠恆供肝頒鑿榆仔係蒐盤輦掘跪觳騁匕輩梓賨
吁銀鄻翔汶鸞濫阜鞭徂弛贈鄲殄逝祕臘頸俯牀播診牖曉翕囿甌
歐襦覬借艱筓溉陒牂擁譯洋囂消橐藪爽泥迷聊酷浸揭桂鐸雕硨
鞭緇涿哲馭悠纓乂釁僮騰隧繕訖愍醬跡活迪踴訊松贍穡冉埋掠
涓樞焦暨激瓜市敷底盜疇茲礱洩偕梧齒陪寐絞嚌拂氾顚褚驂饌
兔愬寺雙濡冄剽梅窺鞠競即悍乖阬誕償柴憎朽嚮系熙邅乳縣抗
邡複睹滇娣衝甞荼柄阪禺贏雁豚熟顙旂陋詰汗逞岸閻械宵棠怯
浦囍枯到艮鋒憤妒亶橋胄鍼螢閑義甥垺胊袞彎弄蓼藍聵惇偪馘
簋姚握胃菽笙橈群披嫚廩葵科矩臼警蝗浩觚糞臯迭電鎭壑搖諺
遜釗孌嫌塡勺摩緝屢廩鱗燎喟伉扞鄂岑編畀整嫣緒菟洮碩揆奸
槐閤羅超廁臻帳漳躍郵惜屛排眉梁浚蹷遏兗雌濱饗翳霧吞褵扑
潘晶綮旣麾弧羣岱絀祉燿諧衙饉挑衽晦摺饉劍斛鬲誹蹈酢鶉筆
綴齋訢遐臥曡魋眚嫂融裡愧霽衲伃茀惰祇摧臭腸測黿奧鍼照閱

宥猗巖幄普牝冪夔款勁誨贛犢倒啐籌瘳剝闇祚墜絮梟鹹胗蹔矛
蘭魁課嫉拱鮒輻裁苞爪喻彝頤譴齋眛駱卵貍邌伋歡瓠縠籃黼綽
杵叱巒準炙璋繡銘咨槀爛静浸魂翰緜鵠詔斃驚輯淄岳祐猷飧搜
奭汭沒筋狡胗珪筅購賵藩凍澹春毒鄆甬庠蔫帑莎甌魄廇倨睢漿
穢閨緱邂翠吹鴟場儐孳泥衷只障蓺齮沂盱纖醢傒濕涪罷廖犁刺
頡輝鏊魴紿萃逋蹕胙椎裝穉彰乍仄膺劓曳揜匡湘狎歟惕探稅譜
龐謾贏闊悝誡街健畿縞橐腐滌屮邴墾晅需限偷炭檀淇漂謬袂
靁廄惶荷嫣耿付覰輟塵弼誖趾嫗逾斿懌軼卬霄橄彤嗜娬挈墙煖
鶩廿蜺昂侖筐莖蟜闍鶴酖辈墜叢儲蚩郲撥歐鼻傲箋酂埶腥寫葦
褐著矧逡錡棲樸騈翩邁鏤料餕隔鎬沸訪坊底慘樊傍版蟄郢盂爻
攜頑蕢吐霆替竦兕紳繰鬪螟涼鼇潦攷碣檻箭遑裸紇郛兌棣册粲
庇粱蒸鴒裕寓庾瘞騄皙慰偉栩雀糇穹鄙鉗烹槃偶謳侔沔贏餽峻
繭葭翬渙耗耗媾堵葱薆楅窑植躁佑裋肆液蓄斜狹隗玩樞觴蹻虔
擬廖沴臘奎彊瞿拒韭靳僅傑褐酤邰高駙販洞彈絺餐杓卞隘陬藻
簪閱腴杆渝繢秀膝巍沱摶腜悌韶慕慼嬪懋麓覘渴躅殛錮詁賻幅
訛爨醇抽犳媼賓脂隖訐詢虛瑣叟陝洒茹蘧篋喬泮淖囊闌寬夸罋
麋踞窘菁璜桔垓罘惇蠻遍姚輈滯裁愉娛涌唁蕭羨嘻鷔婆網輓桃
恕蕡卅仍染鸛仆廼涵髦潞泠諒控愷闠樧妨芳幡兜彫篳措湊暢筊
膌辦灼驟赭酳羿麞眩釀隙鼲婉題酸僻耐弭廓賈衒醮較瘠揮廄怙
祓顚盪遄廚謅惻黿襃莋梲豬幟芝證斟肇瑗迂墉鷹耀恙殉榭香陬
啼淫蜃蕤禳麳拳斤驢輅睽慨玃屙羯楗郟繫薊恚構酆芬諜疵瀕櫛
姪源聿讄黶兗繰緯薇隤闃碎伺楯蒡醐頻耦狃驩絡礨茝耒蠹髡鄧
廏僵菅戡灰暋軏汎蘱尼脣肴葆搴斷鱄筑稚沼愳圅妤胤奕謠恂褻
羨袷挺闉忒淊駘隼崇溲塾噬繻繞衢旆庖黽緑寮誄浪痾炕虞機混
憾裹閤槃釜斁縫菲炊床俶諶蠧奧鳩狁瘍雎淹袖趹悟仵丸托濤態
訴耜屍脈晏灑戕倩騏鋪盆炮籖懦臑謨磨蔓蠃籠繚亮嫽塊秬赳慧
互虹夫梟鄘吠斐返砥聘怛挫痤樅蟬採髀唵柞纂株榛皁孕紆墥懸
詡屑黜刐猥洧脫町窊廝圈軀瓊汧溥朴脾躡餕僥鼏汨沫綸躁开桷
疢湫驥沛躋穫喙湟泓註鹽蝦耆蕢泛釣坫殫窠忱讐跛褓鑽鏃琢註

軸縶鎮柘旇軋慍粵悦刖詠馴朐莘響仙綌舄纚觿蕪頯儻嘆覃嘽軾
腎墠悛酋譙綺萋匏秣沫尨綠凌藜罹蜡冪闐澗祜皓邽覼枹缶烽鏑
蹷緫茨犨沖晁僭彪祊榜筰拙惴桎阯卮棧霅糟沅蠅鵃殪弈窈謠泱
熏諼廞翖稀吸甀莞忝孙虒鑠鄯闋榷卬嘔旻藐貿僂嶺圂鯉膾墾麃
衿撟蛟劑肌譁笏諄紘雊橐枋粗蠭呈猋杯礹葳貲贅譔蹠悊澶蝝廲
憖囂驛斁佾詒噫瘍甗弇姁箱獫斡渥慆撻燧髓瞍嵩寔掃綏祛溱樵
槍塹蘋涓褭撓泯濊媒秏騂慄跨鬭雋薑煎煩緝鑊濩涵澮徽郝蒿衮
戇杠鬴爨糞頟脰喋嫡低餔彬褊韠毖把鞍擫座昨斫箸紵煮渚寔咫
謫磔蜮彝怡嶢遙軺袄薰鴟枲晢郘剸蜩綈眭紓伸邵嬗鋭襦寑鏘麒
弆飄滂攀俳紐凝曬倪赧那挐緍縻楣漫淪蒞詈徠恪麕譎橘鞠樛堇
节喈殲间驕燬轘毃齕翮涸嶲罟骼岡竿簋鈇筏厄貂禫膽蔟箠貙塵
扱麃邲媪眦觜澝撞賁肘銍製諫瓚暈鼂棫旟竽莠油泆貽肴顏衙壓
敍嫛紲驍鄘甕媮縢胎翹襁蹌鼙判儗腦芈郿犖旒鬣聯螯藟郎钜筥
疽駉儆紟潔婕漷潢豢萑宄沽概陔佛諷珥懟秺楝掉簟蠹汏綢忱猜
碑板斑翽齋騅瑑鬘洲贊芷柤燥甾秐龠鳶遹芋癰穎垠茵鴿場杳演
睚洵謔洫馨餉污汪途涂跳趯蹄襢遬竢笥汜飪蕘賕仟哀闌盱漯縷
酪壙誑塊鏗凱雋潏玦鋗捄廑截繳鞬苟伎楫姑澥巂垢梗慮搤陘莪
蠹姤覩牘的酖瘁毳促琮啜儕渤鱉庳邶藹樽孜準洙陣沾慍霣緑燠
歟逌禜湧嶧酡匜眼咽崖鄉玁蟋鄔饔鮪僞为臀焞駼潭脽蟀瘦簪剡
苫劵煢嗛搴迄跂鑿庀毗郳貊陌妙宓霧攣龍稟埒茘賫纊眷芥楬茭
鑒蟣續卉話鄠膴憮瑰姤該訃弣紱芾髮娥玷點啗耽迨沓躄醋䰞歠
瞋欃怖駮貶嫛蹤綜潰訿喙錐撰貯腫巵汁楨膻衫閾窳鄜揄娛詠醳
鎰仡曄瑶快儼迅褎杏邢渫躐洿濊闈菀柝脡蕟逕殳螌懾㨝郘壖茸
遒悄繈綪阡畦奇悽袍胖睍眛綿纛瑁耄裸鷺轔樑醪瀨誇窟刊局灸
縉祲疥訏孑噍瞷餞檢軒浹隮機董嘒匯郇嘿核呵殺穀槁棼騑紡笲
餌阸峨黷櫝牒遞杕羝橡舩揣歜稠饎熾遨襟泜蟎滄摽碧閟糒梧跋
熬鄙諄肫郫窒忮枳鉦昣釗熷昃芸瘨瑜羑傭帑鎑耶曜訞岩婿兒懈
枵想薌郄憙傒遜剔犆貣檮筍漱澨蝨诗苕胥蹂肜荏碏牷劬鉛汔齐
撲砮昵邈曚楙毛盲彎録聾笠嗑糠穅歷罝摻靚脛皎荐囍冔洎輝懽

鳳很皡餀稟旰笴綌緋柎價氛哆鍛墊柢坻伙雛虫扶讖圻闠秏册哺嶓炳

我們拿 4000 個上古最高頻字種與各典籍比較，4000 高頻字種與各典籍相同字種的數量及比例如下表：

典籍名稱	與 4000 上古最高頻字種相同的數量	占 4000 字種的百分比
漢書	3772	94.30%
十三經	3738	93.45%
史記	3541	88.53%

從上表的統計可以看出來，這 4000 個上古最高頻字種可以覆蓋了十三經、《史記》、《漢書》相應的絕大部分字種，而且都是各典籍中的最高頻的字種。把這 4000 個高頻字種作爲古代漢語常用字字典單音節詞目的依據，應該是十分可靠的。我們把這 4000 個字種（單音節詞目）分爲三級。

以重要典籍字頻統計爲基礎確立的上古漢語單音節常用詞分級簡表

級別 字種數	序號	字種	絕對字頻	相對字頻	累積字頻	累積覆蓋率	均頻倍值
一級 1079	1	之	52867	2.724273%	52867	2.724273%	239.9812253
	1079	委	251	0.012934%	1746778	90.012682%	1.139374043
二級 921	1080	囚	250	0.012883%	1747028	90.025564%	1.134834705
	2000	陂	67	0.003453%	1873006	96.517298%	0.304135701
三級 2000	2001	卓	66	0.003401%	1873072	96.520699%	0.299596362
	4000	炳	10	0.000515%	1927152	99.307479%	0.045393388

從上表的資料可以看出，一級字種 1079 個，這是最重要的古漢語字種，覆蓋率可以達到上古這些主要典籍的 90.012682%。二級字種雖然是在一級字種的基礎上增加了近 1000 個，但是覆蓋率只增加了 6.4917%。三級字種之所以選了那麼多——2000 個，主要迎合字典編撰者的喜好，因爲許多人認爲，收字少了，字典的水平好像會降低。其實，三級增加的 2000 個字種，覆蓋率只增加了 2.7902%。

上邊開列的 4000 個字種，雖然都可以作爲今後編撰古漢語常用字字典確立單音節詞目的重要依據，但也不是一成不變的，其中有些作爲詞目的字種，比

如「不人十二三月五一」 等等一般是用作基本詞彙，由於古今漢語有較穩固的繼承關係，它們對於初學古漢語者並不難掌握，可以略去。另外，「秦魏韓蔡」等用作專名的字種，也可以略去。用作專名的字種，也可以略去。